文芸社セレクション

姫路城に萌黄《もえぎ》色の月

野角　幸子

NOZUMI Yukiko

文芸社

もくじ

姫路城に萌黄《もえぎ》色の月

1　職場復帰

一九九二年　九月

姫路城が残暑に喘《あえ》ぐ九月。高校での二学期が始まった日のことである。

キ～ンコ～ン、カ～ンコ～ン。

（いよいよだわ。十二年ぶりの教壇、ちゃんと立って話せるかしら……）

畑中佳世は、夫の関西転勤を機に、故郷の姫路に住むことになる。長女の彩江は小五、次女の康江は小三である。

姫路城の近くで、国立病院の北側にある県立東西高校、国語科非常勤講師に、佳世は運よく採用されたのだ。

夏休みの間に、娘二人の小学校転校手続きを終えた佳世に、九月から早速、仕事の依頼がきた。

それまで、国語科非常勤講師だった村山圭子が、夏休み直前に突然の辞表を出してしまったからだ。

圭子は四十歳の独身にもかかわらず、週に三日、八時間の授業を終えると、小説を書くという生活を送っていた。独身にありがちな美容にも目が向かず、高級化粧品を使うこともない。パーマひとつかけず、少し目立ってきた白髪も染めなかった。ひたすら、己の才能を信じ、世間の書店に作品が並べられることだけを夢見て十八年の生活だった。

ただ、圭子の両親は父六十五歳、母六十二歳と比較的若く、不動産収入があったため、「自由」を容認してもらえる気楽さがあった。

だが、彼らとて、圭子の行く末を案じていないわけではない。「結婚してほしい」と願い、二十五歳から十五年間に三十二回もの見合いをさせた。ところが、まとまらなかったのだ。「帯に短し、襷《たすき》に長し」の諺《ことわざ》のとおり、心が傾いた相手からは断られ、「ぜひともお付き合いを」と言われた男性にはときめかない。

圭子の弟、道矢は結婚して大阪に住んでいる。配偶者である由紀もやさしい性格で、圭子の生き方を半ばあきらめながらも、応援してくれている。

好きなことを生活より優先できる点で、圭子は恵まれた環境にあった。

　ところが彼女が突然学校を辞めたのには、訳があった。圭子は、ひそかに買い続けていた宝クジで、一千万円が当たったのである。このことを知られてしまえば、教職員や生徒たちに、何かをおごらないわけにはいかなくなってくる。まとまったおカネがあれば、しばらく働かずに小説執筆に専念できる――。
　そう考えた圭子は、居ても立ってもいられなくなった。宝クジのことは学校に秘密にして、今まで出掛けられなかった取材旅行先の中国に行くことを理由に、退職したのだった。

　非常勤講師は、経歴書を管轄の教育委員会に提出しておくだけで、空きが出れば該当者に通知されることになっている。
　しかし十二年ぶりに偶然姫路市に舞い戻った佳世に、仕事がすぐに見つかるなど、思いもよらないことであった。世の中には、運が味方してくれることがあるものだと、佳世は天に向かって、年甲斐もなくピースサインを送る。

　佳世が担当することになったクラスは、高一と高二、それぞれ二クラスずつの計四クラスであった。初日で最初のクラスほど、いつまでも印象に残るものだ。

いったい、どんな生徒が、どんな顔をして迎えてくれるのだろう。十二年前までの常勤だったころに比べると、精神的に楽ではある。教科指導をしっかりするだけで、担任の仕事がまわってくることがないからだ。

だが、それだけに一時間一時間が勝負である。ホームルームをとおして、生徒に誤解を与えてしまったことを修復する場がない。

ドキドキしながら、高二Aクラスの教室に入る。引き戸をガラリと開けた瞬間、黒板消しが落ちてくることのないよう、扉の上部にも気を配る。

（ホッ。何事もなかった——）

教壇に上がり、中央の教卓に教材を置く。

「起立！」

「礼！」

委員長の号令により、全員が立ち上がり、一斉に背中を曲げる。男子二十名、女子十八名から成る総勢三十八名のクラスである。

佳世は普段、小学生の娘二人しか見慣れていない。かつての職種は、遠い記憶のかなたの経験でしかなくなっている。

立ち上がった高校生の背の高さに圧倒され、思わず、足がガクガク震え出した。

（平常心、平常心）

心の中で、そっとつぶやく。

（やってダメなら、元々。恥をかくことなんて、娘二人の出産で嫌というほど味わったんだから）

そう思うと、少し気が楽になってきた。だが、高揚した精神は、声をかすれさせてしまう。

ひきつった顔と、上擦った声で、

「皆さん、おはようございます。夏休みはどう過ごしましたか？　村山先生が休暇前にご退職になったので、わたくし、畑中佳世が皆さんと国語を勉強することになりました」

そう言うと佳世は、チョークで黒板に自分の名前を書き、振りがなをつけた。

「畑中《はたなか》　佳世《かよ》」

生徒の視線が、自分に向けられていることを全身で感じる。男子は白シャツに黒ズボン、女子は白のブラウスに紺のスカートだ。

この日のために買った、短めで淡茶のフレアースカートスーツが、彼女の面長で色白の顔にはよく似合う。

佳世は、緊張しながらも声を出し、板書することで、昔とった杵柄《きねづか》にホッとする。

「実は十二年前も県立西北高校で働いていたんですが、東京に住むことになって、泣く泣く辞めました。皆さんのようなさわやかな若者と、再び国語の奥深さを学べるなんて、うれしくてたまりません」

ここまで話したとき、一人の男子生徒が手を挙げて、こう尋ねた。

「先生は、結婚しとるん?」

一瞬、ドキッとしながらも、

「質問できた勇気は、すばらしいわね。そんなにわたしのこと、興味ありますか? ところで目上に対する表現に『敬語』というものがありますね。『結婚していらっしゃるのですか』とか、『ご結婚なさっていますか』と尋ねるべきです。この点に注意すること。ではここで、皆さんに聞いてみることにしましょう」

佳世は黒板に向かって、チョークでこう書いた。

「結婚している」

「結婚していない」

夫の東京転勤という東京に行った理由を述べなかったので、生徒がそれをどう受けとめたかが、一つの鍵である。

そのような話には関心をもたないで、ただボーッと休み時間のくるのを心待ちにしている生徒もいて、当然だ。

夫や、娘二人の存在を語る以前の質問なので、佳世の結婚の有無は生徒たちの印象による判断が大きいことになる。

こんなことを、生徒全員に尋ねる教師は稀なのか、大半は、ニヤニヤしている。だが、だんだん目が真剣になり、二つのうちどちらかを選ぼうとする輝きに満ちてくる。

「皆さん、二者択一、どちらかに心は決まりましたか？」

やや大袈裟《おおげさ》だと自認しながらも、生徒の反応をつかもうと、佳世は必死である。どんなことでも、生徒一人ひとりを大切にしたいとする、熱意の表れでもある。

「では、『結婚している』と思う人、手を挙げてください」

十名ほどが、恥ずかしそうに挙手する。

「それでは、『結婚していない』という結論に達した人、手を挙げてみて」

今度は、語調がやさしい。二つめの質問であり、世俗にまみれない独身者と見なす生徒が、大半だろうとの期待を込めたからだ。だが、これも十五名ほどの別の生徒が、意思表示したに過ぎなかった。

「どうしたの？　後の人たちは、『どちらでもない』というわけ？　事、結婚に関してはそれはあり得ません。もちろん、結婚後離婚して、現在『独身』という場合はあります。どちらか決めかねた人は、わたしを『結婚後シングル』だと思っているのかしら？」

「僕は、それだと思います」

また、さきほどの山口悟が発言する。

冗談で言ったつもりが、こんなふうに高校生の気持ちになびくとは、考えもしなかった。

東京で専業主婦をしていたころには、ずっとつけていた結婚指輪も、仕事には関係ないだろうと、外しておいた。それも彼らの判断をにぶらせたのである。

佳世は、生徒とはいえ生身の異性から関心をもたれたことに、一種の快感を覚える。だが、生徒はあくまでも教科を指導する対象であり、早い結婚であれば自分の子どもといってもおかしくない年齢である。

グッと気を引き締めて、

「個人的なことは、追い追い分かってきます。授業をきちんと聴いていれば、合間にお話しするから、楽しみにね」

そう言って佳世がニッコリ笑うと、山口悟もこぼれんばかりの笑顔を見せた。

近年、笑わない、無表情な若者が多いなかで、思わずハッとさせられるほど可愛《かわい》い。屈託のない顔は無条件に相手を受容する。

佳世は、うれしかった。と同時に、若者のもつエネルギーに吸い寄せられそうになった。その途端、青春時代という名の昔の記憶に、佳世は全身が熱くなるのを感じた。

そこで、否が応でも佳世自身の青春時代に時間が戻る。

（川井さんに似ている……）

二十一年前、佳世が高一のときに抱いたときめきが、鮮やかに甦《よみがえ》ってきたのだ。

2　出会い

一九七一年　四月

県立東西高校のそばに、ともにカトリック系ミッションスクールで、淳賢女子学院という女子校と、明心学院という男子校がある。

　それぞれ運動場が塀で隔てられて向き合っている、中・高一貫の私立校である。佳世は南側にある淳賢女子学院で、六年間学んだのだ。

　毎朝八時十分ごろ、神社前の歩道を歩いていると、後ろから自転車で通学してくる、明心学院の生徒がいる。

　佳世は山陽電鉄で通っていたので、姫路駅から徒歩二十分を、朝の運動と考えるしかなかった。

　それが何と、明心学院の男子生徒を見つけてからは、朝の心地よい刺激となった。風のように、さっと通りすぎるだけの異性とはいえ、佳世にとっては、幸福感をもたらしてくれる存在となる。

（せめて、挨拶だけでもできたらええんやけど……）

　そう念じ続けて、十日余。運は突然やってくるものである。

　ときめきの異性、川井信治が、道端の石に自転車の車輪を引っ掛け、自転車ごと佳世の目の前で転んでしまったのだ。

「大丈夫？　痛いんと違う!?」

　思わず駆け寄り、通学鞄《かばん》と体操着を拾いながら声を掛ける。

「ありがとう。カッコわるいなぁ――。朝っぱらから、こんなぶざまな姿になってしもうて……」

濃紺のブレザー上下の制服に、埃《ほこり》がついている信治の姿を見て、佳世は自然に手で掃《はら》ってやる。

三歳下の妹に世話をするのと同じ感覚で、このときは、信治が異性という意識さえ消えていた。困っている人に、必死で手助けしようとする気持ちが湧きあがったに過ぎない。

だが、埃《ほこり》を落とし、起こした自転車のハンドルを握った川井信治を見て、急に恥ずかしさがこみあげてきた。

(わたしは、男の人に触れてしもたんやわ……。どないしよう)

いつも、横顔しか見たことのない信治だった。それが、正面から見上げることになる。

信治の身長は、百七十二センチ。佳世は、百六十センチ。佳世が顔を上げて、彼の目を見るのにちょうどよい開きである。

信治は、浅黒く、夏の日焼けが残った卵形の顔立ちに、ニキビが散見される。キリリとした眉に、すっきりとした目。鼻筋もとおっていて、うすくて平たい唇から、歯並びのよさがうかがえる。

その唇から、真っ白な歯が笑顔となってのぞく。

「君、名前は？　僕は川井信治。明心学院の高二。テニス部なんや」

昨日まで、横側を自転車で通り過ぎるだけの異性が、声を掛けてくれた。

名前まで名乗ってくれたうれしさに、佳世は、思わず満面の笑みをたたえて答える。

「山田佳世です。淳賢女子学院の高一です。山陽電鉄の飾磨《しかま》駅から、電車で通っています。クラブは美術部」

山田は、佳世の旧姓である。まるで教師からの質問に答えるかのように直立した姿勢の丁寧語で一気に話しながら、信治の表情を探る佳世だった。

「君は僕より、一学年下なんや。これを機会に、これからもよろしく。ほんまに親切にしてもろてありがとう」

そう言うとニッコリ笑って、信治は自転車にまたがり、学校に向かった。

通学時間帯でもあり、初対面の二人である。信治が自転車を押して、佳世と話しながら登校するには、どうしても周囲の目が気にかかる。若い二人にも、それくらいの良識、節度はあった。

ほんの短い会話だったが、彼と話せた喜びで、佳世の胸はいっぱいになった。

（カワイシンジ……。どんな漢字を書くんやろ……。わたしの名前、覚えてもろたかな）

佳世は、自転車で横を通り過ぎるだけの「風の人」が、少しだけ、「現実の人」になったことに感謝した。

（明日も会えたらええな。そんでまた彼が話しかけてくれたら、どれだけうれしいやろ。ドキドキする）

3　女子校進学

公立小学校の六年間は、男女共学であり、異性がそばにいるのが当たり前の生活だった。ところが、淳賢女子学院中学校での三年間は、女子のみの生活となる。

妹がいるだけの佳世にとって、男子の思春期が分からなかった。男女共学の学校であれば、普段の生活のなかで、異性の第二次性徴にも目が向いたに違いない。

髭《ひげ》が生え、声変わりする。筋肉がついて骨格が逞《たくま》しくなる。性器の発達、陰毛の出現に至っては、想像するしかないとはいえ、男子の猥談《わいだん》を小耳に挟《はさ》むことはできただろう。

もちろん、佳世に兄か弟でもいれば、身近な異性として、男の存在を受け止めることもできたはずである。

ところが佳世にとって、家で見る異性といえば、中年期の父親しかいなかったのだ。男親というのは、「成長」ではなく、むしろ、「老化」以外の何ものでもない。

ただ、佳世にとって中学での女子のみの生活は、快適であった。自分自身の身体的発達を同性の友に支えられ、異性の目を意識せずに乗り越えられたからだ。

自分自身が醜いものに思え、性器が異様に膨らむかのような変化に驚いた。卵の白身のようなおりものが出るようになったかと思えば、褐色になり、鮮血が下着を染めた初潮の原体験。

道行く女性が、閉経後の人を除いて、生理時にはサニタリーショーツを穿《は》き、ナプキンを当てているのかと思うと、ゾッとした。

乳房がふくよかに丸みを帯び、乳首がピンク色に輝いて、白い体操着から透けて見えるようになった。走ると揺れる軽い痛みは、恥ずかしさとともに、気が滅入ったものだ。貯めていた小遣いから、母に内緒でブラジャーを買った中二のときを、佳世は忘れてはいなかった。

三月生まれの佳世は、同級生に比べて身体的発達が遅かった。中一で身長が百四十一センチしかなかったのだ。ところが、中二で百四十九センチ、中三で百五十六センチにまで伸びた。

高一で百六十センチに達したのだから、この間の発育ぶりには、目覚ましいものがある。

しかしながら、人間とは慣れてしまえば、最初に抱いた驚きも恥じらいも、薄れてしまう動物のようだ。

中学生だった佳世は、男子のいない学校生活に満足していた。同性とは、身体の変化について、日々気軽に情報交換ができる安心感があったからである。

だが、中学時代を終え、併設の高校に進学した途端、佳世は中学と同じ環境に物足りなさを感じるようになってしまったのである。

4 セックスの意味

中三の冬のある日、「一緒に勉強せぇへんか」と、近所に住む同じ中学の花影幸代《はなかげさちよ》が、佳世の家に来たときのことだ。

佳世の二階六畳間の部屋に置いてある、ホーム炬燵《ごたつ》に足をつっ込み、二人でせんべいを食べ、お茶を飲みながら、学校の話をした後だった。

突拍子もなく、幸代がこう切り出した。

「佳世ちゃん、セックスってなぁ、どないすることか知っとう?」

「本や雑誌には書いてあるみたいやな。そやけどわたし、ちゃんと知らへんなぁ」

もじもじと答えた佳世に、幸代は、

「たぶん、佳世ちゃんはそう言うと思とったわ。それはな、男の人のあの部分がピンと立って、女の人の穴、そう、生理のとき血が出てくるところに入れることなんやで」

「エッ……。それ、ほんま!?」

あまりにも露骨な、しかし明快な説明に、佳世は言葉が出なかった。

さらに、幸代は続ける。

「いやらしいと思うやろ？　汚らわしい？　そやけどよぉー考えてみいな。親のその行為で、わたしら今、生きとんやで」

途中から幸代は、一言一言に力を込めて、熱っぽく語り出す。

裸体で激しく抱き合う男女を想像し、佳世は恥じらいと好奇心から興奮し、頬《ほお》が紅潮してくる。

佳世は早熟な友の性教育に、周囲が灰色に変わり、言葉が見つからない状態に陥ってしまった。生理を迎えた日同様、まだ見ぬ扉を開けてしまった罪悪感で、身体全体が打ちのめされてしまう。

佳世の通っていた淳賢女子学院は、カトリック系ミッションスクールである。朝夕、授業の前後には、神に感謝したり、罪をあがなってもらう祈りがある。午前と午後の二度、聖歌集よりカトリック委員が選曲した、聖歌を歌うことにもなっていた。

宗教色のない学校の「道徳」や「倫理」にあたる「宗教」という教科もあった。その時間には、キリスト教について学ぶのである。

「清貧、貞潔、従順」というキリスト教の教えでは、性行為は「結婚した男女」にのみ許されるものになっている。

カトリックの司祭や、シスターと呼ばれる修道女は、性欲を布教のために神に捧げ、終生独身を貫くことになっているのだ。

淳賢女子学院と明心学院の中間に、カトリック教会がある。自分自身の発育が異常に思えた佳世は、「何のために生きるのか」を知りたくて、日曜日のミサに通ったものだ。

ミサを行う司祭や、参列者のシスター方《がた》のひたむきさに、見えない「力」に生かされている幸福を覚えられるようになった。

自らの生命を、他人の幸せのために燃焼させる生き方に感動した。特に、外国人の司祭やシスター方は、家族から離れた異郷の地で、日本語の習得から始めなければならない。

孤独や寂しさを、キリスト教の導きを支えに乗り越えていらっしゃる姿は、佳世にとって、感動そのものであった。

当時の佳世が、性への興味、快感を得たいという衝動をもちあわせていなかったというと、嘘になる。

どんなことにも繊細になり、人の動く気配さえ、自分への関心からかと疑いたくなる思春期の真っ盛りである。

いろいろなことに貪欲になると同時に、ホルモンの活性化からくる心身のアンバランスは、避けて通れなかった。佳世は、自分自身をどうしてよいか分からない状態に追いつめてしまうことも多々あった。

そんなとき、友人の花影幸代から、男女の肉体関係の実際について、教えられたのだ。

人間の基本的欲求として、寝たり、食べたり、排泄する行為に加えて、性欲があることは、「保健体育」の授業で学んでいた。

だが、中三の一学期に学習した際は、現実問題にはなり得なかった。指導してくれた教師は独身の五十二歳であり、実体験があったにしても、それを口にすることなど考えられないタイプだった。

既婚の教師に詳しく夫婦生活を語られても聞くに堪えない気分にもなっただろうが、当時の教師は、いとも簡単にこう説明したに過ぎないのだ。

「年頃になると、女性性器が発達し、子宮や卵巣からのサインが送られてきます。もちろんそれには、大脳が働いているわけですがね。『妊娠できる身体ですよ。成熟卵が精子の受け入れを引き受けましたよ』というわけです。もう、分かりますね。そう、皆さんも既に経験している『生理』です。二十八日前後の周期で、四日から一週間の経血は『排卵しましたが、妊娠していませんよ』と身体が教えてくれているというわけです。あっ、ところで、中三の皆さんのなかで、生理がまだ一度も来ないという人がいたら、そっと保健室のわたしのところに来てください。発育不全の恐れもありますからね」

佳世が、どうしたら女性の身体に男性の精子が入り込むのか、そして精子は目に見えるものなのか疑問に思い、質問しようかと挙手しかけたとき、あいにく授業終了のチャイムが鳴ってしまった。

わざわざ教師を追いかけて、こういう質問をしに行くのには、なぜか気が引けた。

中二の十月十日に始まった生理には、おぞましさとともに、ホッとしたのも事実だ。小五や小六で初潮を知り、経血の手当てに慣れている友人に、大きく引けを取ったというコンプレックスだけからは、解放されたからである。

生理の始まりが遅かったせいか、

（ここで、保健の山村先生を追いかけたりしたら、わたしのこと、みんなが『まだ生理が来てないんや』と勘違いするに決まっとうわ……）

変な見栄が頭をかすめ、佳世の疑問は保留になってしまう。

翌週の保健の時間は、あっさり「身近なエチケット」という、着衣の身だしなみについての授業に切り替わってしまった。

新しい単元の授業中に、前回の疑問をぶつけるのには勇気がいる。周囲の生徒が平然としているのを横目に見ては、なぜか人前で尋ねる種類の質問でもないと、愚問を引っ込める理由づけにしてしまった。

中三の二学期も終わりに近い十二月に、花影幸代から聞かされたことは、当時の佳世が一学期の保健の時間から抱いていた疑問を解消させ、霧がすーっと視界から晴れてゆくような喜びを与えてくれた。が、それは今までの謎を解いてくれたのと同時に、新たな衝撃にもなった。

佳世はそのとき、木下順二原作、『夕鶴』の「つう」と「与ひょう」を思い出した。「戸を開けないで」という「つう」との約束を守りきれなかった「与ひょう」は、扉を開けた瞬間、機《はた》を織っていたのが「つう」という人間ではなく、一羽の鶴だったと知る。自分の羽を抜いて、高価で売れる反物を紡いでくれていたのだ。

「与ひょう」が、「つう」との約束を破って秘密の部屋を覗《のぞ》いてしまったために、「つう」は本物の鶴の姿に戻って、空のかなたに去ってしまう。どんなに後悔しても、人間の姿である「つう」に戻ってくれることはなくなったのだ。

実際、佳世にとって、幸代から教えられた「セックス」の意味は、大人の世界を覗《のぞ》き見した罪悪感を伴っていた。

人間の醜さを知らされたようで、周囲の大人とは、教師や親も含めて口をきく気にもなれなくなってしまった。

悩みながらも、新年が明け、中学校生活も最後の三学期を迎える。不思議なもので、変化のない日常生活は、心の衝撃を少しずつ溶かしてくれた。

セックスを汚らわしいもの、嫌悪するものととらえる見方から、愛の極限表現として、むしろ人間的な行為なのかもしれないと思えるようにさえなった。

一時は、自殺を考えたほど悩んだ佳世だった。親の醜い行為で生み出された生命など、「恥」以外の何ものでもない。自分の存在は、この世のゴミよりも低いのではないかとさえ思いつめていたからだ。

しかし、身体が大人の体型になり、月々の生理周期が落ち着くようになってくると、セックスが衝撃から興味へと変わってきたのだ。

5　高校進学

佳世は、梅の花がかわいらしいピンクや赤白の蕾《つぼみ》を花開かせ、桜の花がふくらみ始めた早春、中学校の卒業式を迎えた。

六か年一貫教育のため、桜が満開になった四月、佳世は付設の高校に進んだ。

それまでの佳世は、女子校に安らぎと、快適さを感じていた。ところが、高一になると急に異性に関心を抱くようになってきたのだ。

人間とは、「無いものが欲しい」存在である。同性に見守られ、楽しかった中学校生活のときには、制服の胸のリボンが赤だった。それが高校生になると、紺に替わる。

初潮の驚き、羞恥心を示す「赤」が、人生の慣行として染まってゆく「紺」になったとき、佳世の肉体も新しい鼓動に躍り始める。

青葉若葉が目に染みる高一の五月、佳世は川井信治に出会う。

不思議なもので、一度出会って声を掛け合うと、「昨日の他人が今日の友」になる。

毎朝八時に、姫路駅に到着する電車を利用している佳世は、姫路城に近い神社の側道を八時十五分ごろ、歩くことになる。

川井信治も、自転車ごと転倒した翌日から、佳世は見知らぬ淳賢女子学院の生徒ではなくなっていた。出会った時刻の彼女の姿を意識するようになった。

ただ通過するのは、気が引ける。信治にとっては、少なくとも転んだ後始末をしてもらった異性である。

信治は自転車から降りて、佳世に声を掛けた。

彼から呼びかけられた日のことを、二十年以上経た今も、佳世はつい昨日のことのように思い出す。

「おはよう。昨日は、助けてもろてありがとう。お陰で、学校にも遅刻せんで済んだ。山田さんやったかな」

浅黒い、テニスで日焼けした信治の顔と、聞き取りやすい声は、人懐こい笑顔とともに爽やかに耳をなでる。

「あっ、はい。お礼を言っていただくほどのことは、何もしていませんよ。そやけど、うれしい。こうやって、声を掛けてもろて」

佳世は緊張とうれしさで、耳まで真っ赤になっている自分に気づく。それまで、信治が心の中にそっと秘めていた異性だなどと悟られては困る。佳世にとっては、自分が軽い人間だと受け取られるには、抵抗があった。

だが、元来素直で、正直が取柄の佳世である。思わず「うれしい」の一言が出てしまった。

「ハハハ……」

信治が、声を出して笑い出した。

バカにされたのかと、ムッとした佳世に、信治が、こう言ったのである。

「君って、かわいいな。僕は、五歳下の弟しかおらへんし、学校も中学から男子校やろ。男に囲まれて、色気のない生活や。君が、とても新鮮に思えてたまらへん。隣どうしやのに、男子校と女子校って、つまらんよな。これを機会に、朝だけでも話せるようにはならへんかな」

佳世は、我が耳を疑った。

（朝だけでも話せる……）

うれしさで小躍りしそうな佳世がいた。

だが、一九七〇年代の淳賢女子学院は、男女交際禁止であった。教師に見られては、親の呼び出し、謹慎になりかねない。

目の前には、憧れの人がいる。佳世にとっては、自転車でサッと通り過ぎてくれるだけで満足だった。校則違反をしてまで、一緒に登校する勇気はなかった。

（どないしよう……）

佳世の顔が、困惑に変わったのを見た信治は、

「僕のこと、嫌いなんか？　失礼なこと言ってしもたかなぁ……。ごめんな。何でもすぐに口にするのが、僕のわるいところなんや」

「いえ、違うんです。うれしくて、感激で胸がいっぱいで……。わたし、川井さんのこと、憧れていました。何も知っとってないと思うけど自転車で通り過ぎていかれるんを、四月の半ばから、そっと見送っていたんです」

目上に話すのと同じ程度の丁寧さで佳世が答える。すると信治の顔がパッと輝いた後、さっと曇ってこう切り出す。

「それやったら、なんでそんな顔をするんや？」

「実は、うちらの学校、校則が厳しいんです。男女交際禁止になっとうから……」

佳世が答えた瞬間、

書　名				
お買上 書　店	都道 府県	市区 郡	書店名	書店
			ご購入日	年　　月　　日

本書をどこでお知りになりましたか?

1.書店店頭　2.知人にすすめられて　3.インターネット(サイト名　　　　)

4.DMハガキ　5.広告、記事を見て(新聞、雑誌名　　　　)

上の質問に関連して、ご購入の決め手となったのは?

1.タイトル　2.著者　3.内容　4.カバーデザイン　5.帯

その他ご自由にお書きください。

(　　　　)

本書についてのご意見、ご感想をお聞かせください。

①内容について

②カバー、タイトル、帯について

弊社Webサイトからもご意見、ご感想をお寄せいただけます。

ご協力ありがとうございました。

※お寄せいただいたご意見、ご感想は新聞広告等で匿名にて使わせていただくことがあります。

※お客様の個人情報は、小社からの連絡のみに使用します。社外に提供することは一切ありません。

「ハハハ……」

また、信治が笑い出す。

「なんや、そんなことか。そやけど、大きい問題やな。ほんならしばらくは、脇道から一緒に登校せぇへんか」

素早くリードしてくれる信治に、佳世は思わずうなずいた。

それからは、朝の八時十分に、姫路城の大手門に入り、遠回りしながら、通学することにした。

「明日から、早めに家を出るから」

母親の美枝にそう告げる佳世の声が、心なしか上擦っている。

「ふうん、そうなん」

当時三十九歳だった美枝は、別段、娘の変化に気づくようすもない。

中年期になると、自分の思春期のころを忘れてしまうものらしい。

佳世にそう言われておきながら、翌朝美枝は、佳世の登校時刻までに弁当を間に合わせられなかった。

「あれだけ頼んだのに、しゃーないな。千津に持たせてな。高一の廊下にある、わたしのロッカーにお弁当を入れておいてもろてよ」

さりげなくそう言うと、佳世は信治との待ち合わせ場所に心躍らせ、足早に駆け出してゆく。

千津は、佳世より三学年下の淳賢女子学院中一である。数学や理科が得意で、スポーツの好きな中学生だ。だが、早起きが大の苦手で、いつも始業のチャイムギリギリに、学校に駆け込む。

県大会出場の常連女子チームとして定評のある、テニス部に入部しながら、早朝練習に出られないからと、入って一か月後に退部。今は、文芸部で詩作に忙しい。

のんびりと、朝食のトーストにバターを塗り、おいしそうに食べていた千津は、

「お姉ちゃんのロッカーに、お弁当を入れるのを忘れたら、どないしよう。お母さん。わたし、生きて帰られへんかもしれん」

もうすでに家を出て、登校途中の佳世には千津の心配など届かない。

「まあ食堂もあることやし。お昼になって、ロッカーにお弁当がないことが分かったら、千津の教室まで取りに来るんとちがう？　そやけど、できたら休み時間に持っていってやって。帰りにそのまんま持って帰るのも荷物になるし、もう五月や。中身が腐ってしまうと、せっかく作った美枝特製弁当が台無しやからな」

「そのときは、わたしが二つのお弁当を食べてくるから、心配せんといて」

そう言って、笑いながら、千津は食後の歯磨き、洗顔、髪の毛の手入れにとブラッシングをする。少しだけ、無香料のムースを髪につけ、

（中学生になったんや）

と、鏡の前でニンマリする。

姉の佳世より三十分遅い電車で、千津は登校するのだ。

「行ってきまぁす」

間延びした声で、母親に登校を告げる。

「はい、行ってらっしゃい。気をつけて行くんやで」

美枝は、ホッとした表情で、次女の千津を送り出す。

（ヤレヤレ……。なんで千津は佳世と同じ時刻に出掛けてくれへんのやろ。そうしたら、早く片付くのに……）

そう思いながらも、小学生のときとはグッと引き締まって見える制服姿の娘に、いとおしさを感じる。

（子どもの成長に、置いてきぼりをくらわんよう、わたしも何かやらんと恥ずかしいな……）

四十歳まで一年未満となった美枝は、まさに、人生の折り返し地点を実感した。

6　待ち合わせ

佳世が、十五分早い電車に乗り、姫路城の大手門に行くと、信治が自転車を止めて待っていた。

「おはよう。本当に君が間に合うんか、心配したで」

「まぁ、川井さん。それはわたしの言いたかったセリフです。寝坊してわたしとの約束、忘れてしもたったんとちがうかって、心底、ヒヤヒヤしていたんです」

「ハハハ……」

いつもの、信治特有の笑いである。爽やかで明るく、真っ白な歯がのぞく。

佳世は、この笑いが大好きになった。まだ内面的なことは何も分からなかったが、信治の笑顔の魅力は、ときめきとなって、佳世の身体を駆け巡る。

一学年しか違わないのに、佳世にとって信治は、随分年長に思えた。振り返ってみれば男子とまともに口をきくことなど、小学校六年生のとき以来だから、無理もない。

「川井さんはテニス部やから、試合であちこちの高校に行っててんやろね？　たくさんの女子高生の人ともお話ししとってんでしょうね」

生まれつき、核心に迫ることを聞き出し、安心したくなるのが佳世の性格である。

まだ出会って三度目だという遠慮もチラリと頭をかすめたが、口のほうが先に言葉を作り出してしまった。

「エッ!?　僕がプレイボーイやと言いたいん？」

信治も気をまわして、佳世の本心を探る質問になる。

「いえ、そんな……。わたし、昨日お話ししたように、『きょうだい』といっても妹がおるだけ。クラブは美術部で、他校との交流もないんです。ボランティア活動で、養護施設を月に一度訪問しとうとはいえ、男子は小学生以下ばかり。職員の男性は中年です。高校生の異性とまともに口をきくのは、恥ずかしい話、川井さんが初めてで……。何をお話ししていいか、身構えてしまうんです」

佳世は緊張した話し方になる。

「君って、純情で、真っすぐな性格なんや。僕だって男子校だから、テニスの試合に他校へ遠征しても、相手は男や。姉も妹もいない。五歳下の弟がおるだけ。異性と話をしたのなんか、母親以外には久し振りやで。明心学院には、若い女の先生もおらへんしな」

「へぇー。フフフ……」

佳世は、信治の真面目さに、吹き出してしまった。真正面から向き合おうとしてくれるやさしさに、ますます魅《ひ》かれてゆく。

ただ、禁断の木の実を食べてはならない。どんなことがあっても、男女の恋仲、一線を越えてはならない。

セックスに興味を抱きながらも、理性の力で自分の身体を守ることは、男女が同じ水平線を見つめることを可能にする。

佳世は、初夏を思わせる五月の陽射《ひざ》しのなかで、信治への思いに心も汗をかき始めるのだった。

「川井さん、正直なんですね」

「当たり前やんか。自分に嘘はつかへん。それは他人の信頼を得ることにつながるやろ。男子校も、ずっと通い続けていれば退屈なもんやで。友だちもみんな、彼女を欲しがっとうけどきっかけがつかめへんからな」

「ということは、川井さんにとってわたしの存在は、まんざらでもないんですか。うん、むしろ喜びに近いもんやと、断言してもええんですか？」

佳世は、安心したくて、また本音を聞き出そうとする。

すると、真っすぐに佳世の目を見て、信治は答える。

「もちろんや。僕が自転車ごと転んだこと、今は、神に感謝しとうよ。世の中、いろんな縁や運がころがっているようやけど、これほどの幸運はないんとちがうか。あのときは、痛かったたし、恥もかいたけどな」

佳世は、その信治の言葉を聞いて、感動で胸がいっぱいになった。思わず、涙ぐみそうにさえなった。

「川井さん、わたしも、ほんまにうれしいです。真っすぐに、心を開いてくれてもろて。きっとお話していくうちに、わたしに失望してのこともあるかも分からへん。わたしかて、川井さんの意外な面に驚くかも分からへんけど、ともかく今のわたしにとって、この瞬間は輝いています」

「ありがとう。お互いにいろんな話をして、仲良うなろうな。君って、ほんまに純情なんやなぁ」

褒《ほ》められたのか、バカにされたのか理解に苦しみながらも、佳世にとっては小学校卒業以来、四年目にして味わう、貴重な異性との会話だった。

姫路城の白壁が、五月の新緑と青空に映え、二人の若者に相づちを打ってくれているような好天気である。

楽しい朝のひとときも、明心学院の前でひとまず終わりを告げる。

「明日も同じころ、来れるか？」

信治が、自信をもって尋ねてくる。

「もちろんです。朝から楽しかったなぁ――。今日は一日中、ウキウキして、授業中指されても、ニコニコしながら、間違うた答えを言うて教室のみんなに笑われそう――」

「ハハハ……」

信治の笑い声に見送られ、足早に佳世は淳賢女子学院へと向かう。

7　級友の直感

浮き浮きしながら、高一Ａクラスの教室に入ってゆくと、手鏡で髪の手入れをしていた吉田美希子が声を掛けてくる。

「ほい、佳世ちゃん、おはよ！　今日はやけにうれしそうやんか？　彼氏でもできたんとちがう？」

「エッ!?　まさか、そんな……」

真っ赤になりながら、弁解とも否定ともいえない態度に出た佳世の狼狽《ろうばい》ぶりに、美希子のほうが、うろたえた。

「冗談のつもりやったのに……。ほんまなんや。ええなあ——。明心学院の人？　それとも東西高校生なん？　一体、どこで知りおうたん？」

矢継ぎ早に質問してくる美希子に、やや落ち着いた佳世は、

「何でもないし、何にもない。一本早い電車に乗ったから、今日は気分がええだけ

や」

「なぁーんや、そうなん。ごめんな、あたし、ここ最近恋愛小説の読みすぎで、つい人のこと、異性と結びつけたくなるんよなぁ――。わるう思わんとって」

さっぱりとした美希子の口調に、ホッとしながらも、内心、佳世はヒヤリとした。

（校則違反だけはしたくない。もっとも、川井さんとわたしは朝の登校が一緒になっただけや。ほんの少し並んで歩くぐらい、兄か弟と思とったら何の問題もないことや）

そう気をとり直したものの、個性豊かな友が周囲にたくさんいることに、ハッとした。

（そやかて今日は、たまたま見つからなかっただけや。誰かに川井さんと歩いているところを見られでもしたら、絶対、先生に報告される……）

淳賢女子学院も創立五十周年を迎え、男女交際も今でこそ、「双方の親が認める場合は可」に変更されている。男女が健全な目で青春時代をともに歩むことになれば、そんな楽しいことはない。

だが、佳世の青春は二十二年も歴史をさかのぼる。男女交際が発覚すると、謹慎、親の呼び出しが科せられた。グループ交際は大めに見てもらえたが、一対一となると、やはり厳しい措置がとられていた。

今まで六年間の皆勤賞を目指して、中学から無遅刻、無欠席の佳世である。異性への憧れを現実のものにするには、校則違反という危険と隣り合わせになってしまうわけだ。

中一に在学中の妹・千津も、佳世が変なうわさの張本人になってしまえば、かわいそうな思いをするに違いない。

根が真面目なだけに、信治への思いが募《つの》れば募るほど、佳世にとって、「校則違反」の重圧が襲ってくるのだった。

（このまま、成り行きに任せとこか、それとも、川井さんには、挨拶だけで通り過ぎてもろたほうがええかな……）

秘密の扉を開けたばかりの佳世にとって、恋愛感情を優先することも一つの選択肢だった。「好き」になったのだから、もう高校生活をそのことに塗りかえてもよいとさえ思った。

（川井さんと、もっともっと仲良うなって、二人だけでどこかに行けへんかな……）

きっと、今までの女子校生活からは得られなかった「異性」の話に、魅了されるに違いない。

「恋は盲目」といわれるが、川井信治との時間は、高校生としての佳世、父母と妹に囲まれた家族の構成員としての佳世など、どうでもよい気分にさせた。

それまで、「のめり込む」ということがなかった一人の少女は、「恋する女」への階段を上り始めようとしていた。

川井信治のことを考えるだけで、顔が火照り、幸福感が佳世の身体を突き抜けてゆく。

ただ、佳世は正義感と責任感が、人一倍強かった。自分の行動で一人でも涙する者が出るくらいなら、自分が我慢したほうがよいという律儀さがあった。

信治のことを考えただけで、身体が溶けてしまうほどの幸福感を覚える佳世だった。だが、もし同性の友人が佳世に、「実はわたし、川井さんのこと好きやねん」とでも言おうものなら、とても「わたしも彼のことが好きや」とは、言葉を返せないところがあった。

自分が身を引くことで、相手が幸せになれるのなら、自分の気持ちを押し込めるほうを選択する性格だった。

山あいに、ひっそりと咲く百合の花のように、凛《りん》とした気高さを保っていたかった。

高校生として、校則違反を犯してまで、信治と一対一の交際を続けてはいけない。

理性が働かなくなるに違いない。情念の世界を垣間《かいま》見る危険さえ潜んでいるのだ。

そう考えると、十五歳の佳世の目から涙が後から後から流れ落ちた。

信治の通う明心学院は、六か年一貫の男子校だったが、男女交際に関して、それほど厳しい罰則はなかった。

手をつないで、そっと肩を抱きあう程度の付き合いには、目をつぶってくれるところがあった。

佳世と信治のように、二人そろって歩くぐらいで、校則違反を心配する佳世の気持ちが理解できないのも無理はない。

8　文通に

初めて二人で通学した翌日も、信治は姫路城の大手門前で佳世を待っていた。

初日には、登校時刻に間に合わなかった弁当も、佳世の母・美枝は作ってくれた。

妹の千津が、

「お姉ちゃん、朝の慌ただしいときに、十五分も早うによう行くなぁ――。そやから授業中眠くなるんやで」

と、何も知らずに言う。

「うるさいな、昔から言うやんか!?『早起きは三文の徳』やって」

「何？　三文なんて、今やったらどれぐらいの価値になるんかなあ」

「図書館で調べてみたらええやん。ともかく、先に行くから」

駆け出して、佳世は七時三十五分飾磨発姫路行きの山陽電車の普通に、飛び乗る。

（ふぅーっ。間におうた。川井さん、待ってくれとってかなぁ――。わたしのほうが早いとええんやけど）

佳世は、到着した姫路駅から、大急ぎで彼と待ち合わせの大手門へと早足で歩く。

佳世のしぐさ、笑顔がかわいくて、約束より十五分も早く着いた信治が、苛立《いらだ》ち始めたころ、佳世が息せき切って駆け寄ってくるのが見えた。

人間とは、勝手なものである。約束時刻より早く着いたのは自分の選択でありながら相手が遅いとつい、相手の事情を考える余裕がなくなってしまう。

信治は自転車だが、佳世は電車なのである。

「いつも待ってもろて、ごめんなさい」

佳世は、信治の姿を見つけるなり、自分から謝った。

「いや、僕が君の顔を早う見たいから、自転車をこぐ足が速くなっただけなんや。君は電車なんやから、到着時刻が一定していないとかえって、おかしいよ」

信治はうれしくなって、はずんだ声で答える。


若さは、すばらしい。さまざまな可能性を秘めて、前進できるエネルギーに満ちている。荒削りなところも、世間は容認してくれる。肌の艶やかさは、心の張りを象徴するかのようだ。

だが、今朝の佳世には、信治に応答する言葉が続かない。

「どないしたん？　佳世ちゃん」

信治が心配して、名前で呼びかける。

「ほんまに、うれしい。『佳世ちゃん』やなんてわたしのこと、名前で呼んでくれてんですか」

一歳違いなのだが、三歳ほど上の錯覚を与えるほど、佳世にとって信治は頼もしく思える存在だった。それが、名前で呼びかけられ、佳世の心がパッと明るくなった。

だが、また佳世の顔が曇る。意を決して、佳世はこう切り出す。

「信治さん。わたしもお名前で呼ばせてもらいたいんやけど。実は、今日、重大なお話をしよう思うて、家を出てきたんです」

その一言《ひとこと》を聞いて、信治は蒼ざめた。

「何や、いったい!?　朝、僕と会うのがもう嫌になったんか?」

「まさか――」

佳世は、はっきりと否定する。

「そんなはずないやろ。本心は、その逆や。朝だけと違《ちご》て、学校からの帰りも、いいや、いつも一緒におりたい。あなたのことを考えとうだけで、身体中が炎に包まれたように熱くなってくるんや、わたし」

佳世の言葉遣いも、だんだん信治との距離のないものになり、語調は熱を帯びてくる。

「ただね、前にも話したやろ?　うちの学校、『男女交際禁止』やて。もし、私たちが歩いとうところを、学校関係者に見られでもしてみ。親の呼び出し、謹慎処分を受けることになっとんや。わたし、あなたにも迷惑かけとうないし、親や妹にも恥をかかせとうない。信治さんと、朝にこうやって待ち合わせをしとうこと、家族にも秘密なんやもん」

「それで、君はどないしたいんや?」

信治も結論を聞こうと、やや早口で尋ねる。

「大好きな人ら、みんなを傷つけへん方法は、信治さん、あなたとわたしが『文通』や『電話』の友になることやないかって、夕べ、あまり寝んと考えたんよ」

「そうやなぁ――。僕も君と会うことの楽しさが大学受験という、大きな目標への努力を阻むところやった。勉強より、つい君のその笑顔、一挙手一投足が、頭から離れんようにもなってきとったんや。このままやったら僕は、身体全体で君を抱きしめようと思ってくるに違いない」

信治の力強い言葉、真っすぐに佳世を見つめる眼差《まなざし》に雄の欲望がちらりと光った。

「信治さん、ありがとう」

そう佳世が答えるや否や、もうこのひとときを惜しむかのように、信治の左手は佳世の腰にまわる。信治は、自転車を右手だけで支えて押しながら、佳世の生命の躍動を己が手に伝えたいとするかのようだった。

息づかいが荒い。獰猛《どうもう》な動物の衝動を必死で抑えながら、信治はただ黙って歩いた。

一方、佳世もとても言葉を出せる心情ではなかった。憧れの人の手が、今、自分の腰に置かれているのだ。うれしさと、恥じらいで、身体のなかが、とろけてしまいそうだった。

男の欲望がむき出しになったとき、女が無抵抗で身体を許すのは、このような感覚から始まるのだろう。

佳世には、理性が（まだ早い）と叫び、感情が（このまま二人きりでいたら、もっと甘美な誘いがあるよ）と囁《ささや》いた。

十六歳と十五歳。お互い、異性に出会いたくても、向きあうことさえなかった若い男女。誘惑のヴェールが裂けんばかりに、はためき始める。

「もう、佳世ちゃんと会えるのが最後になるんやったら、今日学校さぼって、どこかに行かへんか」

信治の大胆な発言に、佳世はハッと我に返った。

（このままやったら、大変なことになる）

佳世の知性と理性が、事の重大さを気づかせてくれた。

（校則で男女交際が禁止なんも、何か知らんけど分かってきたわ。こんな歯止めでもなかったら、純潔を失のうて、男に媚びる女になってしまうかもしれへんかった……）

「信治さん、わたしも心ん中ではそうしたい。あなたともっとお話がしたい。そやけど、あかんねん。そんなことをしたら、私ら、大学受験どころではなくなってしまうで。不純異性交際でうちの学校なら『退学処分』になってしまうとこやわ。こうして制服姿で、並んで登校するんでも、本当は校則違反なんやから」

佳世は、必死に訴えた。

信治の雄の欲望が、佳世の反論で収まりかけるのが、見て取れた。

「……そうやな。僕がわるかった。佳世ちゃんの人生にかかわる問題を、軽くあしらおうとして、本当にごめん。君は、純粋で、真っすぐなんやな。今まで、ご両親にも大切に育ててもろうて、何でも一生懸命に取り組んできたのがよう分かる。それに引き替え、僕ときたら……。その場任せの風来坊やったなぁと、反省させられたで」

「まぁ、風来坊やなんて。あなたは、そんな人と違う。女のわたしの気持ちを察してくれての人や。もうそれだけで十分。ねぇ、これからは、文通や電話で、文字と声のお付き合いにOKしてもらえへん？　そのためには住所交換してもらわんとね」

佳世の腰にまわされた信治の手も、いつの間にか自転車のハンドルに戻っている。

「うん、分かった。僕も佳世ちゃんのこと、親と弟に話しておく。いつ電話がかかってきても、家族が戸惑うことのないようにな」

そう言うと信治は、自転車を脇道に止めた。通学鞄《かばん》から手帳を取り出して、住所録欄を開け、佳世に手渡す。

佳世もお気に入りのオレンジ色のスケジュール帳、住所一覧頁を繰り、信治に手渡し、お互いに住所と電話番号を書き記した。

「わたしも、親と妹に、川井さんのことを話しとく。きっとびっくりするやろうけど、喜んでくれるはず」

そう言って佳世が時計を見たら、何と遅刻寸前の時刻になっていた。

「きゃあ、あかん。このままやったら学校の始業チャイムに間に合わへん。信治さんは、自転車に乗っていって。わたしはここから、ダッシュするから」

「僕の自転車の後ろに、乗せてあげたい。そやけど、それこそ危険やな。お互いに転ぶか、校則違反で捕まるかのどっちになるやろから。いや、運がわるいとその両方になってしまうんかな。ハハハ……。ほんなら、お言葉に甘えて、僕は先に行くで。必ず、手紙書くな。家族に話すまでは、電話はやめておこうな。詳しくは手紙で連絡しあおうな。佳世ちゃん、好きやで」

最後の言葉に精いっぱいの思いやりと、やさしさを込めて、信治は自転車にまたがり、明心学院の門に入っていった。

佳世も必死で走ったので、淳賢女子学院の始業チャイムとともに、教室の自分の席に着けた。

（あぁ、よかった。これで皆勤賞の夢が破れずに済んだ）
現金な高一の女子生徒の素顔が、そこにあった。

9　大学受験に向けて

朝の待ち合わせこそなくなったが、信治と佳世は、挨拶だけは交わすようにした。声を掛け合うと目立つので、神社前午前八時十五分に自転車で通る信治に対し、佳世は笑顔で手を振ることにした。

事前に確認しあい、実行するあたり、若者の行動は二十年前も今も変わらない。

佳世は、手を振るだけで十分であった。信治はもの足りなさを覚えたが、佳世のため、そして将来のためにと、自分自身に言いきかせた。

彼は、国立大学理系に的を絞り、勉強することにした。建築か土木、生活の根幹を支える分野の仕事に就きたいと考えたからだ。

もちろん、数学と物理、化学が得意だったこともある。だが、一生の仕事として、何か技術を身につけ、それを活かす職業に就くことが、使命のように思われたのである。

信治が所属するテニス部の練習も、夏休みまでだ。秋からは後輩にその中心的活動を、譲ることになる。

高二にもなると、受験産業の塾や予備校の高校生クラスに通う生徒も多くなる。信治も秋からは、どこかの特別講習にも顔を出そうかと考え始める。

佳世はまだ高一だとはいえ、信治の真剣な態度、大学受験への熱意を肌身に感じ、刺激を受けた。

（わたしも、進路を定めて、頑張らんとあかん――。大学生になれて、信治さんと堂々と歩けるようになったら、どれほどうれしいやろ）

結婚の有無は分からないが、仕事があれば女一人でも生きてゆける。佳世はそう考え、法律を学ぼうと思い立った。

正義感の強い佳世だけに、司法試験か、司法書士の資格に挑戦しようという意欲が、頭をもたげてきた。

パートナーの男性、それが信治になるかどうかは別として、冷静に、男性に従属しない生き方を選択したくなったのである。

佳世の父、山田哲雄は誠実で思いやりがある。県庁職員のかたわら、先祖代々の農地で米や野菜を作っている。

母の美枝はというと、農作業はたまに手伝うものの、社会から賃金を直接得る仕事には就いていない。ただ美枝は時々株式投資で売買利益を得ていた。それが佳世と知津の私学の学費を補ってくれていたのである。この点では学ぶべきところがあった。

（ともかくわたしは、自分の力で社会から給料をもらう生き方がしたい）

佳世は、大学進学の選択学部として、法学部を第一志望にした。

信治は佳世との交際が朝の微笑、文通、電話になり、やや物足りなさを覚えた。だが、心では固く結ばれた充実感があり、学習にいっそうの力が入るようになってきた。

ジリジリ照りつける夏の太陽が、ツクツクボウシの鳴き声に変わった。残暑のなかにも秋の気配を漂わせ始めた、八月下旬のことである。

佳世と信治は、お互いの大学進学を確認しあい、電話でともに頑張ろうと励ましあうようになった。

二人の家族も、娘や息子のはちきれんばかりの楽しい会話に安堵し、真面目な電話や手紙の連絡を応援してくれた。携帯電話やパソコンもなく、各家庭にダイヤル式の黒電話が一台の時代だった。

赤や黄色に色づいた木々の紅葉がまぶしい十月、信治はテニス部を引退し、本格的な受験体制に入る。

佳世は十一月の文化祭に向けて美術部の展示、油絵制作に忙しい毎日となる。

多忙になり、連絡は疎遠になるが、二人の心は会えないぶん、よけい身近なものになった。若さは目的が定まったとき、限りない躍動を生む。

信治は工学部、佳世は法学部進学を目指して、猛烈な勉強を開始した。佳世も信治もお互いの魅力に最大限の賞賛をおくり、もたれ合わない関係となる。

「好感」が「恋愛」に進むのに、普通、時間はかからない。恋の魔力は、会う密度が濃くなれば、自然に理性の鎖を打ち砕く。

学校の校則という歯止めがなかったら、佳世と信治も、この甘美な沼にはまり込んだに違いない。這《は》い上がれなくなり、周囲の忠告が耳に入らないばかりか、すべての向上心が水泡に帰すことになるところだった。

高校の制服から解放され、晴れて大学生になるのだ。大学生として私服で見つめ合えるその日を思い描くだけで、心が満たされる二人であった。

10　二人の進級

再び桜の季節がやってきた。佳世は高二、信治は高三に進級する。

高三になった信治の受験勉強は、すさまじいものとなる。男は性器の構造が単純なせいか、集中力に関しては女を数倍上回る例が多い。

もちろん個体差はあり、絶対的なものではないが、信治は少なくともテニス部で鍛えた体力が大きく後押しをした。連日午前一時、二時までの学習、起床午前七時の生活をものともしなくなる。

彼は夏休みになると、神戸の予備校主催の特別講座に申込み手続きをした。満員電車に揺られて、姫路から三宮まで一時間、姫路駅から山野井町の自宅までは自転車で二十分、二十日間一度も休まずに通ったのだ。

「佳世ちゃん、君に合格を喜んでもらえるよう、僕、頑張るな。辛《つら》いとき、苦しいとき、君の笑顔が支えになっとんや」

久し振りの信治からの電話に、佳世は目頭《めがしら》が熱くなった。予備校の最終授業が終了した八月二十五日のことである。

信治は第一志望校を東京大学にするか、京都大学にするかのラインまで、成績を伸ばしてきた。

時は、夜間にコオロギが秋の始まりを告げる九月に入った。

大学入試本番に向けて、受験生は身震いするほど緊張し始める。高校も一か月に一度は模擬試験を実施した。

そのころ、高二の佳世もクラブ活動である美術部が、活動最終学年となっていた。

(信治さんに続いて、わたしも大学生にならへんかったら、恥ずかしい)

信治の優秀な成績を知り、素直な佳世は尊敬の眼差《まなざし》を送るとともに、それを自分への鼓舞と受け止めた。

11　受験本番

師走になり、世間が歳末セールで賑わうころ、信治は京都大学工学部を第一志望校に決める。

新年が明け、受験生は受験の宿泊先予約、受験票送付手続きに、慌ただしい毎日になった。信治は、腕だめしに、東京の私立大学を二校受験することにした。

当時の受験制度では、国立大学が一期校、二期校とランク付けされていた。三月上旬に一期校の受験が終わったあと、下旬に二期校の受験が実施されたのである。

また、一月末から二月末までは、もっぱら私立大学の受験が全国的に展開された。

信治は早々と早稲田大学理工学部、慶應義塾大学工学部に合格を決めた。ところが、世の中はそう甘くなかった。

国立大学受験直前に風邪をひき、信治は熱が下がらないまま、京都大学を受ける羽目になったのだ。

結果は不合格。東京大学にも合格できる力を模擬試験では発揮していた信治にとって、予想外の結末であった。

「佳世ちゃん、僕、京大生になれへんかった。あんなに頑張ってきたのに、落ちてしもうた。どないしたらええんやろ……」

涙声で電話の通話口から語りかける信治に佳世はしばらく、かける言葉さえ見つからなかった。

「……。信治さん、早稲田か慶應の入学手続きは、しとってんやろ？」

やっとのことで、私大の合格を思い起こした佳世は、絞り出すような声で信治にこう切り出した。

「それが……。まさかこんなことになるとは思てなかったんで、手続き締切日が流れてしもたんや」

「エーッ!? そしたら、国立大二期校の出願はどないなっとん？ まさか、出してないなんてことはないやろね」

予想もしていなかったことだけに、佳世は信治が一つ年長だということを、忘れた発言をしている。まるで、身内の妹に話しかけるような言動に出ている。

「佳世ちゃん、もう僕は何を言われても仕方のないことをしてしもた。地方の国立大学に入学することは、考えたくなかったんや。『プライドが高い』と一笑されればそれまでやけど、模試の成績、早慶、両大学の合格が僕を有頂天にさせてしもとったんや。国立二期校への出願はしてない。笑ってくれ。俺の傲慢《ごうまん》さを。一歩早く大学生になって、君に大学の話をしてあげたかったのに……。僕に残された道は、浪人しかないんや。親にはあきれられるし、弟にはバカにされるし、もうどうしていいか分からへんで」

あまりの信治の落胆ぶりに、佳世も悲しさを通り越して、放心状態になった。

「信治さん！」

声を振り絞って呼びかけた佳世は、信治への愛でいっぱいだった。

「きっと、神様が私たちを一緒に受験勉強させようとして、こういう結果を与えてくれたったんやと思うしかないやんか。早稲田か慶應に入っていても、京大は忘れられなかったやろうし……。頭のわるいわたしには、信治さんの頭脳が必要や。来年、一緒に大学生になれるよう、頑張ってくれへん？　あなたは、わたしにとってずっと一つ上の先輩やけど、来年同じ学年で大学生になれたら、もっと近い存在になれるんと違うかな」

佳世の発想の転換、思いきりのよい発言に信治は、男泣きをしてしまった。

「佳世ちゃん、ありがとう。俺、家族には見捨てられ、同級生が次々と有名大学に入っていくのを横目で見て、自分自身が惨めで仕方がなかったんや。受験勉強には悔いはないから、このまま自殺してしまおうかとさえ、思い詰めとった……。ありがとう。男って、何て弱いんやろな。たかが受験の合否で、人生の敗北者の気持ちになってしもうて……。ありがとう。また、電話するな」

そう言って、信治の電話は切れた。

信治は佳世に何度も礼を言い、「僕」ではなく「俺」を使い始めた。信治は運わるく浪人の道を選んだとはいえ、高校は卒業したのだ。それに気づいた佳世は、信治に宛てて高校卒業を祝うメッセージカードを送った。

信治さん、高校ご卒業おめでとうございます。来春こそ京大生になって、わたしと堂々とデートしましょうね。

わたしが浪人にならないよう、アドバイス、よろしくお願いします。佳世

それから一週間後、信治から張りのある声で電話がかかってきた。

「佳世ちゃん、今、どこか分かるか？」

「さぁ、どこやろねぇ……」

佳世がとぼけると、

「実はな、京都なんや。京大に近い、予備校のそばなんや。俺、下宿して予備校に通うことにした」

「エーッ!?」

佳世は驚いた。予備校は自宅から通うものとばかり思っていただけに、思いもかけない決断に、信治の執念にも似た情熱を感じとる。

「信治さん、すごいやん！　ご両親も応援してくださったんや。弟さんもお兄ちゃんがいなくなったら、寂しくなるのに、感心やね」

佳世は、自然と信治に丁寧語を使わなくなっていた。

佳世、高三に進級。信治、予備校の入学式を迎える四月になった。姫路城は、満開の桜に白壁が映え、観桜会や夜桜見物の人々で沸き返っている。

淳賢女子学院高校の最上級生として、姫路城の賑わいを横目で見ながら、佳世も固い決心をした。

（来春、信治さんもわたしも大学生になるんや。高校の制服からも校則からも解放されて、二人でこの桜を見に来よう。そのためには、あらゆることを我慢せんと。テレビも映画も友だちと遊ぶのも――）

佳世は、信治が京都に行ってしまった空虚感を、受験勉強に集中することで忘れることにした。

「やれるだけやって、ダメならもともとでしょう？　やらずに文句を言うのは、やめなさい」

日本史担当の林山教諭の言葉が甦ってくる。

京大を眺めながら、そして京大生の流れを複雑な思いで見つめながら、信治は予備校に通わなければならなかった。

だが、浪人生も多彩であった。意外にも現役のときは国立大学一本で失敗し、予備校の門を叩く仲間の多いことに慰められた。現役と一浪時の二度、国立大学入試に落ち、信治同様、有名私立大学の手続き洩《も》れで入学してくる二浪の者もいた。

「どうしても、京大法学部に入りたい」からと、国立大学二期校合格より、浪人の道を選んだ女子もいる。

信治は、仲間との連帯感のなかで、現役時代以上の力を発揮していった。

12　佳世と信治の大学受験

佳世は、受験志望校を国立では神戸大学法学部、私立は京都の同志社大学法学部、兵庫県西宮市にある関西学院大学法学部と文学部に決めた。浪人はさせられないからという、親の意向も受け入れ、私立の女子大文学部国文学科を押さえに受験することにした。

短大を含め、大学への進学率が三十パーセント台の一九七〇年代では、女子の浪人を許す家庭は少なかった。就職や結婚の際、その間をブランクと見なされることも多かったからだ。

信治一浪、佳世高三の年が明ける。信治は佳世が受験するからと、同志社大学を受験し、早々と工学部合格を手にした。

佳世は夏休みの間毎日市立図書館に通い、必死で追いあげたものの、同志社大、関西学院大とも「法学部」には不合格となる。

関西学院大学文学部、私立の女子大には合格したものの、法律を学びたいという夢は、国立大学に託すしかなくなった。

信治は、やはり東京より京都のほうが住みやすいからと、京都大学工学部建築学科を受験した。

同じ日に佳世は、神戸大学法学部を受ける。ところが、周囲の男子受験生の多さに圧倒されてしまった。中・高六年間の女子校生活との雰囲気の違いに、英語の終了時刻を十分も間違えてしまった。（まだ、書き直せる）と、英作文を消したところに、終了のベルが鳴ってしまったのだ。

得意だった英語の失点が、残る教科への追い上げを狙う余裕を奪ってしまった。

結果は明白であった。合格発表の日、京都から佳世に電話がかかる。信治からであった。

「佳世ちゃん、俺、やったよ！　京大生になれたんや。一年間頑張った甲斐があったで。君はどないやった？」

神戸市六甲の高台にある神戸大学のキャンパスの掲示板に、佳世の受験番号はなかった。それを直視し、涙をこぼしながら帰宅したばかりの佳世にとって、信治の弾んだ声は何とも恨めしい。

（こんな気持ちにさせる受験って、いったい何なんや……）

佳世の心は、努力が報われなかった虚しさと悲しみで張り裂けんばかりであった。

だが、佳世は、大好きな信治に心配をかけまいと、努めて明るく応対した。

「まぁ、おめでとうございます。信治さんなら大丈夫と思とったわ。すごいな！　京大生なんて！　わたしね、残念ながら法学部へは行かれんようになってしもた。憧れていた勉強ができひんのは残念やけど、関西学院大、そう、通称関学《かんがく》生になれたんで、文学の道で自立を考えることにするね」

「そうか――。佳世ちゃんはちゃんと私立の手続きをしてるだけ、僕より立派や。つらい受験勉強やったけど、結果が出たな。やっと終わったんやで、受験が。僕たちは、大学生や。堂々と付き合えるようになったんやで」

佳世への心配りが、信治の「俺」という言い方を「僕」に代えさせる。

「ねぇ、佳世ちゃん、俺はこのまま今の下宿から大学に通うことにしたんや。そやから引っ越しの必要はない。明日早い電車で姫路に帰るから、会ってくれへん？」

佳世は、うれしくて思わず、涙声になる。

「ありがとう。信治さん、私たちやっと、誰にも遠慮せずに会えるんやね」

「そうさ。やっとや。俺も君の存在がなかったら、純粋に支えてくれる異性がいてくれへんかったら、受験勉強なんかやってられんかったで。ほんなら、明日の十一時半に、山陽電鉄姫路駅構内でええか？　そや、山陽百貨店の前や」

信治の声が念を押すように、力強くなる。

「もちろん。そやけど、わたし、国立大学の発表まで待ってくれていた払込金を持って、関学まで行かんとあかんの。信治さん、もしよかったら、阪急電鉄の西宮北口で会ってもらわれへんやろか？　そう、あなたには阪急電鉄で京都から帰ってきてほしいんよ」

佳世は信治に、「あなた」と初めて同等の呼称をつけた。大学生として同級という事実が、高校までの一年先輩という距離を縮めたのだ。

「あぁ、構わんよ。俺も一刻も早く君に会いたいんや。願ってもないことやで」

信治も諸手を挙げての賛成だった。

「そしたら、お互いの電車が着くホームで、十一時ごろの待ち合わせはどう？　お会いできたら、一緒に関学まで付き合ってよね」

「ＯＫ《オッケー》！　君と一緒なら、どこでも行くで。佳世ちゃん」

13　感激の再会

佳世は、信治との電話で受験の結果に涙している自分が、嘘のように元気になってくるのを感じた。

「恋愛は、人を美しくさせる」といわれるが、確かに心の張りになる。佳世にとって、信治のことを考えていられるときが、いちばん幸福な時間だった。

世の中の動きがどうであれ、二人の世界があれば、周囲のことが目に入らない心境も理解できる。

人を好きになるということは、相手の存在に自分を同化させてしまうことなのだ。

翌朝、佳世は午前六時に目が覚めた。精神が張りつめているときには、目覚まし時計は不要だ。山陽電鉄の飾磨駅から阪急電鉄の西宮北口駅までは、接続にもよるが、一時間四十分もみておけば十分である。

佳世は余裕をみて、飾磨駅発午前九時四分の山陽特急に乗り込んだ。

（関西学院大学に入学することになったんやなぁ——。それも、こともあろうに文学部になぁ——。いったい文学部で何を専攻するとええんやろ……）

佳世は信治と会えるうれしさとは別に、冷静に自己の受験、将来のことを考える客観性も持ち合わせていた。

（文学部でも、法学部の授業選択も可能やろうけど、無理したら文学部の卒業ができなくなるかもしれへん。それなら法学部に再挑戦するため、浪人したほうがましや。よし、こうなったら日本文学科に進んで、中学か高校の国語教師、それか外国人に日本語を指導できるように頑張ろう）

ふっきれた佳世は、急に春の光がまばゆいことに気づく。自然に微笑がこぼれ、列車内の人々にやさしさをふりまく表情となった。十八歳になったばかりとは思えない、匂い立つ美しさが佳世にはあった。

純粋さと気高さが向上心と若さに裏打ちされ、内的な輝きが周囲を魅了する。

（あぁ、信治さんに一年ぶりに会えるんや。電話で声を聞いていただけでは、実感がわかへんかったけど、彼、どないなっとるかな）

信治と佳世が高校在学中は、自転車と徒歩の関係とはいえ、二人は毎朝挨拶だけは交わす間柄だった。ところが、信治が高校を卒業してからは、お互いにまったく姿を見ることはなかったのだ。

一方、信治も佳世との再会で胸がときめきながらも、浪人中は洋服のことなどてんで無頓着だった自分を恥じていた。

（一年ぶりに、やっと彼女に会えるというのに、俺ったらまともな服がないままや……）

仕方なく信治は、グレーのタートルネックのセーターに、やや新しい黒のチェック柄ズボンで出掛けることにした。

彼が阪急電鉄の西宮北口駅ホームに到着したのが、午前十時四十五分。反対側のホームに目をやると、ピンクの柔らかい色合いのスーツ姿で、初々しさのひときわ目立つ佳世がいた。

お互いにしっかりと見つめ合い、うなずき合う。信治が手を上げて、ニッコリ笑った。佳世は、思わず涙で顔をクシャクシャにしながら、反対側のホームに駆け寄ろうとした。信治も、同じ動作に出る。

人前での抱擁は、さすがにはばかられたが、自然に手をつないで、肩を寄せ合う姿勢となった。

信治も佳世も、言葉にならない喜びに満ちあふれ、心臓の鼓動が破裂せんばかりに打ち響く。まるで、身体中が心臓のようである。

「会いたかった――」

信治が、うめき声ともとれるような低い声で、佳世につぶやいた。

そのつぶやきを発する信治の声と同時に、佳世もつなぎ合っている手に、ギュッと力を込める。

「わたしも。信治さんのことを想像するだけで、辛い受験勉強にも耐えられたんや。結果的に法学部に入学することはできひんかったけど、長い人生、勉強はどんな形でも続けられるもんね。仮に浪人しても、来年法学部に入学できるとは限らへんし、あなたと違って意志が弱いから、もう一年受験勉強するなんて自信ないもん」

「まぁ、これからは、女性も男性並みに働けるようになるやろうし、一年の浪人生活は俺にとってよい経験になったけどな。ともかく、佳世ちゃんが大学生になって、俺と堂々とデートしてくれる、それが俺にとっては何よりもうれしい。うん、もうこんなうれしいことはない。こんな日があるから、次に嫌なことがあっても人間ってつぶれなくて済むんと違うんちゃう」

鼻の下を伸ばし、自問自答しながら、信治はニッコリ笑う。

（この笑顔こそ、わたしが待っていたものやわ）

佳世は、信治が登校途中で自転車ごと転び、起き上がるのを手助けした出会いの日を懐かしく思い起こしていた。

阪急電鉄西宮北口駅から、阪急宝塚線に乗り換え、甲東園駅を出て、二人は歩き出した。バスに乗る方法もあるが、二人の会話を誰が聞くかも分からない。会話を楽しむには、徒歩がいちばんだった。

坂道の途中に急な階段がある。そこを上りきり、少し進むと住宅街に出るのだ。まだ蕾、五分咲き、七分咲きと木によってまばらながら、桜花の息吹が、「入学おめでとう」と二人の前途を祝福するかのようだ。

「きれいやな」

信治が、ささやく。

「エッ!?『きれい』って、わたしのこと？」

と、おどけながら、佳世も続ける。

「この桜が満開になるころ、入学式なんかな」

二人は、その桜並木を突き進んだところにある、関西学院大学正門に寄り添って入ってゆく。

「ステキなキャンパスやなぁ――。中央にある芝生もよく手入れされているし。佳世ちゃんは、ここで四年間の学生生活を送るんやね。おめでとう」

信治の誠実さが、一言一言、肉声をとおして伝わってくる。

「ありがとう。すぐ左手が会計課になっているから、一緒に入ってもらえる？」

佳世の申し出に、信治は、

「もちろんや。何でも一緒やで」

気さくな信治の性格に、佳世もうれしくなる。

会計課には、ひっきりなしに人が出入りしている。国立大学に失敗したか、もしくは最終的に国公立大学を蹴って、関西学院大学に入学手続きをする者が訪れてくるわけである。

実際、関西学院大学には、国公立大や単科大に合格しながら、そこをキャンセルして入学してくる学生が存在する。キャンパスの美しさと閑静な住宅街という周辺環境や、就職率の高さに憧れてしまうものらしい。

入学に必要な金額を払い終えると、佳世はホッとした表情で、信治に向かってこう言う。

「ありがとう。お付き合いいただいたお陰で無事、関学生になれました。おなか、すいたなぁ」

時計は午前十一時五十分をさしている。

「大学をひと回りして、生協食堂でランチでもどないかしら？」

「あぁ、ええなぁ――。俺は朝から、君に会えるうれしさと緊張から、コーヒー一杯飲んだきりなんや」

信治の話し方は、いかにも空腹を想像させた。

「『男は食わねど、高楊枝《たかようじ》』ってところだったんやね。それなら、食堂に直行せんと」

「ハハハ……。ありがとう」

佳世の提案で、二人は営業中だった生協食堂に行く。ランチを頬張《ほおば》りながら、信治が口を開く。

「予備校と下宿の往復で、京都も全然知らんままやけど、今度、京大を見にこうへんか？　ついでに京都観光か、美術展にでも行こか。そうなったらうれしいな」

「ありがとう。今度必ず、行かしてもらうね。それにしても、周囲に男子学生がいるんやね。何やらものすごく不可思議な感じがしてくる。六年間の女子校生活から、急に世間の約半分は男性なんやって、気づかされた思いやわ」

佳世が、話題を変える。

「そう言われてみれば、俺なんてもっと悲惨やで。工学部に女子は、数えるほどしかおらへん。中・高が男子校やったし、予備校も完全に男のほうが多かった。やっと花開いた大学生活も、文学部や薬学部以外は、男がゴロゴロおる。佳世ちゃんがおらへんかったら、俺はずーっと孤独な青春を送ることになった気がするで」

信治の言葉に、二人は自然に見つめ合い、うなずき合い、「アハハ」「ウフフ」と笑い合う。

若い二人が、それもとりわけ知的で華やかなお似合いカップルが、食堂で声を立てて笑ったので、思わず周囲の学生や職員も二人に注目した。二人は赤面しながらも、その視線が妙に温かいものに思えた。二人の大学合格を祝福してくれているようで、満ち足りた気分になるのであった。

14　大学生

学生時代の佳世は、京都大学で学んでいた信治に会うため、何度も京都に足を運んだ。

佳世と信治の待ち合わせ場所は、阪急電鉄京都線「四条河原町」駅の階段を上がってすぐのところにある、デパートの前だった。

賑やかな大通りにも面していた。どちらかが少々遅れても、道ゆく人を眺めていれば飽きない場所として、信治が指定したのだ。もちろん、デパートに入って、売場の品を見ることもできた。

しかし、二人共、五分と相手を待たせることはなかった。高校時代、佳世と信治が人目を避けて、姫路城大手門前で朝の待ち合わせをしたときは、信治は自転車、佳世は電車利用だったので、十五分ものズレが生じたこともあった。

だが、大学生になった二人はバスと電車で西と東から落ち合うことになったが、運よく同じころに到着する便が見つかる。

佳世は阪急京都線の終点を告げるアナウンスを聞くと、胸が高鳴った。信治も京大前からバスが発車するのと同時に、佳世の姿を思い起こして、幸福感に包まれた。

高校や予備校時代と違って、もう人目を意識したり、周囲を気にする必要はなくなった。男女交際禁止の校則もない。大学生に、恋愛は自由だ。

京大も案内してもらった。農学部では牛や馬を飼育し、研究している。農場もあり、キャンパスの広大さに目を見張った。工学部では、近くの鴨川で測量学の実習をするという。理系の勉強が苦手教科だった佳世には、信治の説明が目新しく、無条件に傾聴できた。

今のJR、一九七〇年代では国鉄と呼ばれていた鉄道の京都駅前から、二人揃って観光バスの一日周遊に乗ったこともある。美術館にも足を運んだ。

信治が姫路に帰ってきたときは、月曜の朝七時三十分発の山陽電鉄特急で一緒に通学の途についた。佳世は特急発車駅で始発の姫路駅の次、飾磨駅から乗り込んだほうが便利だったが、始発の姫路まで行き、信治と並んで座れるようにした。

お互いの肩と肩が触れ合うとき、電車の震動で上半身の片側がピッタリくっつくとき、二人の心は同時にほのかなときめきに脈打った。

明心学院と淳賢女子学院という、隣り合わせの男子校と女子校のしがらみや、周囲の圧力から解放され、その日も二人は高校時代の話を楽しく語り合っていた。

すると、思わず隣のシートに腰掛けていた男性から、信治が声を掛けられる。

「君は、明心学院の卒業生か？」

信治が、びっくりしながらも、

「はい、そうですが」

と、素直に答えたので、その男性は笑いながら、

「実は、僕もそうなんだ。今、神戸大学医学部の六年生なんだよ」

と、続ける。

そこで、その会話を聞いていた佳世が、

「まあ、そうなんですか。わたしは先輩の大学に行きたくて、法学部を受験したんですけど、落ちてしまって……。あちこち法学部は失敗して、今、関学大文学部に在籍しているんです。お隣の淳賢女子学院の出身です」

と、一気に語るとその男性は、

「ごめんね。お二人の会話がみんな聞こえてしまって……。だから、思い切って声を

掛けてみたんだよ」

彼は折目正しい標準語を使ったので佳世もそれに合わせて答える。すべて聞いたと正直に返答してもらったことも、よい思い出になっている。


佳世は放送部、信治はテニスサークルと、それぞれの大学でクラブやサークルに所属。その合間を縫って、家庭教師やウェイター、販売員のアルバイトに精を出した。

佳世の明るく、天真爛漫な性格は、大学内の男女を問わず、注目を浴びた。とりわけ、異性からは、交際の申し込みがひっきりなしに続いた。

自宅への関学生からの電話の多さに、母親の美枝が心底、遊んでいるのではないかと心配したほどである。

「大丈夫、信頼してんか！　淳賢女子学院で学んだ『純潔』は守るから。わたしや家族が納得できる人と結婚するまで、一線は越えへんと約束するから。それに、わたしには信治さんがおるでしょ！」

この言葉に救われたのか、元来の呑気《のんき》さが顔を出し、美枝は佳世の言動を見守ることにしてくれた。だが、ラジオの短波放送を聞きながら、美枝は株式の値動きをつかむことには余念がない。ラジオからヒントを得た美枝は、証券会社に電話をし、株式売買をするのだ。

インターネット接続したパソコンで即座に株式売買ができなかった時代である。パソコンを主婦が使いこなせるようになるのはまだまだ先であった。

一方、信治も一流大学で彫りの深い顔立ち、スポーツ万能、身長百七十六センチの好青年であった。佳世と出会った高二のときは百七十二センチだったが、信治は四センチも身長が伸びている。周囲の女子大生が関心を抱かないはずはない。京都には大学がたくさんあり、京都大学以外の女子大生にとって、「京大生」の男子は頭脳明晰で将来性ありと推測され、理想の交際相手に映る。

中学・高校が男子校、予備校では勉強一筋だっただけに、異性からのアプローチの多さに、信治も驚きを隠せなかった。閉ざされていて見ることのなかった外界の甘美さに、触れることになったわけである。

だが、佳世も信治も二人だけを見つめて、ほかの異性には、「お友だち」の気持ちを維持する賢さがあった。

禁欲の高校時代、厳しく辛い受験勉強を共に乗り切った、戦友でもある佳世と信治の仲である。他人が介入する余地などなかった。

「コンパ」や「合宿」も多く、お互いに別々の異性と食事したり、お茶を飲んだり、男女合同で宿泊することもあった。しかしそれは、あくまでも学友であり、キャンパスライフの一環としての域を出ることはなかったのだ。

ところが、異性のとり巻きが多いせいか、会うたびに洗練され、美しくなってゆく佳世に、信治はまぶしさを覚える。そしてついに、佳世の身体に触れてみたいという欲情にかられるようになってくる。


紅葉《もみじ》や公孫樹《いちょう》の木々が、山々を美しく染め上げる十月下旬のことだった。お互いに大学二年生になっていた。

佳世と信治は、哲学の道を二人並んで歩いていた。いつものように、そっと手をつないで、清々しい秋の空気が二人のそばをそっと流れてゆく。抜けるような青空が、ひたひたと幸福感を運んできてくれる。

「佳世ちゃん、銀閣寺に行かへん？」

「そうやね、うれしいなぁ。銀閣寺は私ら、初めてやもんね」

信治の誘いに、佳世は無邪気に答えた。

佳世にとって、信治はあくまでも高校時代の憧れの先輩であった。信治が一浪したために同じ学年になったとはいえ、大学が違うせいか、先輩というイメージに違和感はなかった。

それに、女子校出身者には概して異性に対し、「雄」を意識しない無垢《むく》さがあるものだ。佳世が信治を見つめるときは、まさに「一緒にいられるだけで幸せ」そのものだったのである。

ところが、信治にとっての佳世は「雌」の部分、「女」としての輝きの一部、そのひとかけらでも手に入れたい衝動で、身体が充満してしまっていた。

毎日のように、佳世のことを考えては、膨満した性器の処理に窮していた。

右手でしごいては、左手に持ったティッシュペーパーで受け止める、ドロドロの精液。マスターベーションをしながら、信治は佳世の細身だが肉づきのよい部分を想像していた。衣服をはがした後に現れる豊満な肉体の映像に、切なさとともに果てるのであった。


佳世と歩きながら、前夜の行為を思い出し、信治は、

(もう我慢ができひん――)

佳世を身体中で抱きしめたい衝動で、佳世との会話も途絶えがちになる。

「どないしたん？　信治さん！」

何とはなしに、信治のただならぬ様子に、「雄」の気配を感じたとはいえ、人前で何かが起きるはずがない。佳世は、そう信じて疑わなかった。

ところが、銀閣寺の境内に入るなり、信治は押し黙ったままになった。信治は佳世の手を引いて、どんどん木々の深みに導いてゆく。

（いったい信治さんって、何を考えとってんや）

佳世は、雄の身体についての予備知識がなかった。ただただ引っ張られてゆくだけであった。未経験の佳世には、セックスといっても実際、頭の中だけで思い描くものに過ぎなかったからだ。

漠然とした不安と、「男は狼」という概念が入り交じり、どうしようもない感覚が身体を駆け巡る。

人気《ひとけ》のない、木々の茂みに来ると、信治の息づかいがとりわけ激しいものになった。

「佳世ちゃん、好きや。とても言葉では表現できん――。長かった――」

そう言うなり、信治の百七十六センチある身長は、百六十二センチ、四十九キロの佳世をすっぽり包み込んだ。

佳世は、何が何だか分からないままだったが、抵抗する気にはなれなかった。むしろ、包まれたことによる安心感と恥じらいとで、身を任せる以外に方法が見つからなかった。高校時代に掛けたままだった神秘のヴェールが剥《は》ぎ取られる思いで、心臓の鼓動が早打ちを始めるのだった。

強い抱擁だった。佳世のブラウスの下から信治の左手が忍び込み、彼女の背中には彼の指が何度も何度も弧を描く。ぎこちないながら、あふれんばかりの思いを込めて、信治は佳世の身体をまさぐった。

同じ時間を共有できる喜びに、佳世もそっと彼になされるがまま、身を委《ゆだ》ねた。信治の右手は、佳世の腰、臀部《でんぶ》に移動したかと思うと、彼はそっと、佳世の唇に顔を近づけてきた。

甘く、やさしく、唇が重なり合う。

(あぁ、ついに信治さんと口づけをしてしもたんやわ。そやけど彼は今まで、衝動を抑えて、わたしを待っていてくれた……)

佳世は、感動で胸がいっぱいになった。

信治も、佳世との愛の儀式を終えたせいかホッとした表情で、静かに唇を遠ざける。

「佳世ちゃん、ありがとう。俺、君に突き離されるんと違うかと、ものすごく心配したんや。男のこういう行為って、どない思う?」

男子に囲まれて、勉強一筋だった信治にとって、女性への接触は、考えるだけでも不安材料だらけだった。

嫌われるのではないか、雄の欲望をむき出しにすることで、佳世が避けてしまうのではないかと、信治は心配でたまらなかったのだ。京大生になり、やっと浪人時代の暗い抑圧から解放され、佳世への好意は、カタチになった。

「信治さん、わたしもうれしい……。何が何だか分からへんままやったけど、あふれんばかりのあなたへの愛、わたしもあなたに捧げます」

そう言って佳世は、自分の腕をそっと信治の腕にからませた。

照れながら、身体全体で受け止める信治。

秋の紅葉、公孫樹の木々。澄みきった空気は、若い二人の未熟さを清々しく新鮮な冷気となって祝福してくれる、どこからやってきたのか一匹の野良猫が「ミャ〜ッ」と鳴いて、二人の恥じらいに花を添えた。

儀式を終えた佳世と信治は、より親密になり、心も身体も接近した関係になった。

（帰るのは、終電でも構わへん）

と決心し、親を説得してきた佳世。佳世と信治は、佳世が二十歳になった三月、そっとパブに行った。

二人は、カウンターに並び、ワインで乾杯をする。

「佳世ちゃん！　僕は二十一歳、君は二十歳。これからも、ますますよろしく。おめでとう」

改まったときには、信治はいつも「僕」を使う。佳世はその言葉に信治のやさしさを見つけ、頬を赤らめる。二人のワイングラスには、ぶどうの香りも祝福の歌を歌うかのように波打っていた。

暗がりのなかで、ムーディーな音楽が流れていた。周囲には、年長者ばかりの気がして気後れする佳世に、信治が言う。

「僕は、友だちとたまに来るんや。建築専攻の奴っていうのは、みんな酒が強くてな。飲み歩いて、親からの仕送りの三分の一を一晩で使ってしまったこともある。顔面蒼白やったけど、その月は必死でやりくりした。俺って、どう見えるか分からへんけど、泣き事は言わへんところがあるんやで」

珍しく冗舌な信治に、佳世はうれしくなる。信治の頼りがいのある一面や、前向きに何かをつかみ取ろうとする横顔に、涙をこぼさんばかりに感動してしまった。

「まあ、立派やね。信治さん、偉いわ。下宿して、予備校に通ったんやもんね。わたしなんか、ずーっと親掛かりやから……。一人暮らしに憧れるけど、親が許してくれへん。『家族が少ないし、片道二時間かけて通学しても定期代のほうが、アパート代よりそりゃ安いで』って——。その代わり、通いきることを前提に、五十万円もらえることになったん。わたし、三年生になったら、夏休みにアメリカに行ってくるつもり」

「アメリカ!? ええなぁ——。佳世ちゃん、おみやげ頼むな」

信治はそう言って、佳世に美しい歯並びを見せた。信治の笑顔は、純粋で下心がなく、心が洗われる思いのするものだった。

「そりゃ、もちろん。あなたとわたしの思い出になるものを買ってくるね」

大学三年生になり、日本文学科のゼミに入った佳世だが、外国を見ておくことは、学問上の刺激になることは言うまでもない。異文化交流と語学研修のため、佳世は二十歳の夏、一か月間をアメリカ西海岸、シアトルで過ごした。

信治には、心を込めて、牛革の財布とキーホルダーをおみやげに買った。両親や妹よりも先に、信治を忘れない自分に、家族への申しわけなさが頭をかすめた。

ともかく佳世にとって最愛の異性、それは信治ただ一人だった。

佳世が高一、信治が高二。信治が佳世の目の前で自転車ごと転んでから六年。信治と佳世は、会うたびに一線こそ越えないまでも、夕陽を眺めるころ二人でいれば抱き合い、口づけを交わした。舌と舌を触れ合わせる刺激、心地よさを覚えてからというもの、甘美な世界への誘いは、限界に達していた。

さすがに人目を避け、路地や裏山を探しての抱擁だったが、

(思う存分、愛し合いたい)

という信治の欲求は、彼の息づかいで佳世にも容易に理解できた。

信治と佳世が大学三年生の十月のことである。

「佳世ちゃん、ホテルに行かへんか。それとも散らかってるけど、僕の下宿に来うへんか?」

ついにお誘いがやってきた。佳世にとって身体のすべてをさらすのも、時間の問題だという自覚もあった。そこまで二人の絆は強くなっていたのだ。

佳世は迷った。信頼してくれて、大学への諸費用を出してくれている両親が悲しむだろう。いくら好きでも、経済力のない学生の身分である。

一線を越えた後が読めない。快楽が得られるかどうか、分からない。信治が喜んでくれる肉体かどうかも、自信がない。避妊具の知識も、ぼんやりしたものでしかない。一番の心配は、「妊娠するかもしれない」というものだった。セックスには、責任が伴う。

ボーイフレンドに嫌われたくないあまりに肉体関係を拒否できず、懐妊、堕胎に陥る未婚女性は多い。

男性は女性の身体を知ったとしても、征服欲を満たすことができるうえ、不利益を被ることはない。女性の体内に精液を注入しさえすれば、女性の反応がいかに鈍くても、個人的な快楽は得られる動物である。

だが、女性の場合は一糸まとわぬ姿になり、股間を異性にひろげた途端、主体が相手に移ってしまう。男性に従属する形になり、身も心も、行為が終わった後、引きずられるケースがほとんどなのである。

深い関係になることで、女性に飽き始める男性と、相手の人格を問わずにより惹かれてゆく女性。そのギャップを埋めるもの、それは愛情しかない。

夫婦は、「この人とならーー」と、お互いが最高の出会いと信じ、周囲の年長者たちが認めあったうえで、社会的認知の得られた関係である。

セックス解禁が、法的に許されたものといってよい。愛の行為には責任が伴うことを自覚して向き合う男女。そしてお互いが高めあえるよう心身共に生活のなかから、人格向上も目指すのが「結婚」である。妊娠、出産は周囲の祝福を受けられるのだ。

佳世にとって、信治の誘いは、願ってもない幸せだと思う気持ちもあった。しかし、佳世は必ず信治と結婚できる保証のない、学生という社会的には不安定な存在でしかない。

たしかに信治は、身体が溶けてしまうほど好きな異性だった。意志の強さは、尊敬に値する。理系の頭脳、スポーツで鍛えた精悍《せいかん》な若者らしさには、虜《とりこ》にさせるものがあった。

整った眉、ぱっちりとした涼しげな目と、二重瞼《まぶた》、精力を感じさせる立派な鼻、上品な薄い唇、真っ白にこぼれる歯並びのよさ――。

まるで芸能人にしてもおかしくない要素の信治と、一緒に腕を組んで歩けるだけで、佳世は友人からも羨《うらや》ましがられた。

だが、中学・高校と女子のみの教育を受けた佳世である。大学生になり、男女共学になったとはいえ、信治のみを唯一の異性だと見なし、ひたすら信治と会えることが喜びだった佳世は、信治以外の異性との交際経験が皆無だった。

（このまま、信治さんだけを信じてついていって、果たしてわたしは幸せやろか。彼はわたしに飽きてしまわへんやろか——）

「一線を越える」ことへのためらいと同時に、一途な生き方への疑問も湧き上がってくる。

佳世は法学部受験に失敗したが、専攻した日本文学科の成績は優秀であり、ゼミの指導教授からの評価も高かった。

「大学院に進学する場合は、推薦しよう」

そう声を掛けてもらってもいた。

「ええなぁ——。山田さんって、才色兼備やもん。わたしなんか、成績がわるいから大学院どころか、就職、いやそれどころか、卒業さえ心配やねんで」

本音なのか、揶揄《やゆ》なのか、判別のつかない笑いで語りかけてきたのは、ゼミが同じの谷川直子であった。

（そうやった。日本語教師か、中学・高校の国語科教員を目指して入学した文学部なんや。このまま将来のことも考えず、信治さんだけにうつつを抜かしていて、ええは

ずはない。この辺で一度、死ぬ気で勉強してみんと）

「信治さん、わたし、どうしてもあなたの前で、わたしの身体をすべてさらけ出すことなんてできひんと気づいたんよ。親との約束で、結婚する人に何もかも捧げる決心をしているのがいちばんの理由なんやけど――。あなたと、キスだけの関係でずーっといられないんやったら、しばらく、会う機会を減らしてもらえへんかしら。もし、私らにご縁があったら、大学を卒業して働くようになってからこそ、真剣なデートができるはずと違うかな!?

親や親戚からも祝ってもらえる、結婚が前提になるまで、わたしは最後の砦《とりで》としての秘所を残しておきたい。

信治さん、あなたは、明心学院時代、わたしの淳賢女子学院が男女交際禁止やから、朝の待ち合わせを取りやめてくれたったでしょう？　文通と電話に切り替え、弱い立場の女性を思いやってくれたったこと、わたしは一生忘れない。思い出しただけで、感謝でいっぱいになってくるんよ。

それやのに、なんでキスだけとか、上半身をあなたに任せるだけで、満足してもらえないんやろ？　そんなに『女の身体』をのぞきたい？　わたしでなくても、あなたの欲望を満たす対象として、女性なら誰でも構わないのと違うの？」

信治に向かって、はっきり自己主張した佳世。彼女の目は、真剣そのものだった。

これを聞いた信治は、「雄」のギラギラした眼差《まなざし》から、一瞬にして、穏やかでやさしい顔に戻った。

男には、遊びの女と、結婚して妻になり、人生を共に歩む女性とを嗅ぎ分ける本能があるらしい。佳世が信治の申し入れを断ったからといって、信治を否定したことにはならないのだが、信治は窮地に追い込まれた気分になってしまった。

「佳世ちゃん、ごめん。わるかった。僕は君の純粋さ、ひたむきさが好きで、妹のような感情を抱き続けてきた。そう、もう知り合って六年にもなるんやな。ほかの異性には目もくれず、君だけしか見つめない青春やった。

そやけど、このままやったら、俺は男としての欲望でがんじがらめになってしまいそうなんや。

好きやからこそ、身体をひとつにしたい。あかんか？　なんでやねん、佳世ちゃん。君は僕のこと、最後まではなぜ、許してくれへんのや？」

佳世にも信治の言葉は、よく理解できた。

「処女のままで結婚したい」という女としてのプライド、男性と仕事で正々堂々と向き合うために必要な自制心、それは一線を越えない理性が運んできてくれるものだと、佳世は信治を説得しようとした。

「信治さんと結婚できるんやったら、わたしの身体のすべてをあなたに許すわ」

ただならぬ信治の野性にたじろぎながら、信治ひとりを見つめてきた佳世の、精いっぱいの愛情表現だった。

「結婚やて!?　結婚!?」

信治は、その言葉を繰り返した。

「まだ、大学三年生なんやで。親からの仕送りと、ささやかなアルバイトで生活していて、どうやって暮らしていくんや!?」

「やっぱりあなたは、そんな考え方やったね。わたしの人生より、女の身体が欲しかっただけなんよ。

きっと、わたしがすべてを許したら、あなたはわたしの身体だけが目的になるやろね。妊娠でもしようものなら、責任をとるより、わたしから逃げようとするのが、はっきりしてきたわ。中学・高校と六年間もカトリック系ミッションスクールで学んだとは思えへん。自分勝手な発想やね」

佳世は普段、落ち着いていてやさしい性格だが、土壇場に立たされると、理詰めの応酬をしてしまう。

自分を守るため、そして、自分より弱い立場の人を救うために――。

信治の顔面は、みるみる蒼白になり唇もワナワナ震え始める。

小さな声でつぶやくと、佳世に淋しげな目を向け、信治はそのまま踵《きびす》を返した。

「佳世ちゃん……」

佳世は何も言わず、そっとその場に佇《たたず》むしかなかった。信治の後ろ姿を見送りながら、佳世の頬を静かに涙がこぼれ落ちる。

（あぁ、これで信治さんが、遠い人になってしまう……。そやけど、嫌われたくないからいうて、雄の欲望のためだけに、身体を許したとしたら、わたしはどうなっていくか、想像もつかへん。もし、ほんまにわたしのことをいとおしく思ってくれる人やったら、女性への尊厳の心がある人なんやったら、信治さんは、きっと連絡をくれる……）

佳世は、そう信じたかった。

しかしながら、それ以来、信治から佳世への連絡は途絶えてしまった。佳世も信治に電話する気も、手紙を書く気にもなれなかった。

（もし、わたしが身体を許していたら、信治さん、喜んでくれたやろか……）

佳世の女友だちに、すでに初体験を済ましたと話す者もいる。

「あんなの痛いだけ。ちっともええもん違うで。二度とごめんや」

あっけらかんとゼミ仲間の谷川直子が、教えてくれたことを思い出す。

佳世は、処女でなくなった自分を想像したくなかった。たとえ妊娠しなかったとしても異性と対等に向き合うことができなくなりそうで、怖かったのだ。

雄に従属し、雄を受容するしかない雌の悲しい性を、佳世には冷静に見つめる賢さがあった。

『汝、姦淫《かんいん》するなかれ』

聖書に十戒として記された戒めの一つが、佳世のなかをグルグルと回る。

（セックスは、結婚する男女に初めて認められるものやから。わたしはその日まで守り抜く――）

信治との恋は長すぎた。静かに振り返ってみると、一人だけの異性に目を向け続けるには、男にとって六年の歳月は信じがたいほどの長期である。

「佳世ちゃん」

そう呼びかけてくれた信治の声、しぐさ、明るい笑顔のすべてが甦る。考えただけで、涙があふれてくる。

（わたしの青春――。わたしの初めての恋――）

15　前を向いて

信治を忘れようと、佳世は学習プランを立てた。まず、国語科の教員免許取得を確たるものにする。そのために佳世は、古文、漢文とともに、国語学、国文学史といった体系的な勉強を中心に据えた。

教育心理学、教育史、道徳教育の研究、青年の心理等、教職に関する教科の手抜きも許されない。四年生になれば、教育実習もある。母校の淳賢女子学院に出向き、実習のお願いをしなければならない。

信治からは、大学三年の秋、佳世が信治を拒絶して以来、音沙汰がなくなった。佳世は、信治の声、こぼれるような笑顔、そっと手をつないだときのぬくもり……。何もかも美しい思い出にしようと決意した。

キスまでは許してしまったけれど、全身を彼に委ねたわけではない。精いっぱいの抵抗に、後悔どころか、誇りさえ感じられるようになった。
(信治さん、もてる人やから、わたしよりステキな恋人がすぐにできてるやろな……。その人とすぐ、深い仲になってしもたりしたらどないしよう)

信治の浪人時代、佳世は高三だった。大学受験を目指す同志として、精神的に支えあえる内的関係でよかった。

姫路城の桜、関西学院大学前の桜並木に迎えられ、共に大学生になれた喜びに浸れた二年八か月前……。

目をつぶれば、楽しかったこと、胸がときめいた記憶で心が揺れる。
(信治さんは、わたしの身体をすべて知ったら、どうなっとったかな……)

佳世と信治は、より深い男女の仲になり、離れられない関係として、今も交際が続いていたかもしれない。避妊具の知識も実践することで板につき、妊娠することのないよう配慮できたかもしれなかった。お互いの身体の構造をしっかりと確かめ合いながら、より親密な交際へと発展したかもしれなかった。

だが、お互いに失望するか、佳世のほうが信治を忘れられない身体になってしまい、主体性を喪失してしまったかもしれないのだ。

男は、射精の瞬間、女を征服した気分になってしまう。ところが女は、男が果てた後、余韻のなかで、従属の喜びを知る。

（あぁ！　信治さん。今でも、あなたが好き。身体が溶けてしまうほど、忘れられない存在なんよ。そやけど、全裸であなたと抱き合えるとしたら、それは結婚式後のハネムーン……。わたしは美しい身体を保っていて初めて、あなたに向き合えると思ってきたんやもの）

心のなかでそっとつぶやき、佳世は信治との思い出を閉じるべく、関西学院大学での学生生活に主眼を置いた。

放送部の会計、家庭教師やベビーシッターのアルバイト、姫路からの通学。佳世にとって、信治の存在を遠いものにさせてくれる要素は、いくらでもあった。

けれども、大学内で仲良く手を握り合っている男女を見ると、さすがに信治の顔が浮かんで、佳世の胸がキュンと痛んだ。

（気にせんとこ。気にしたらあかん……）

心でそっと呪文を唱え、顔が歪《ゆが》みそうになりながら、佳世は耐えた。

もし、佳世の身体を見た途端、信治が失望したとしたら、一度きりのセックスで終わったとしても、佳世はもっと傷ついたに違いない。

（これでよかったんやわ。わたしには信治さん以外に、たくさんの女性と同様の関係を保てる男友だちがいるもん。複数で、楽しく付き合っていったらええもん）

ジングルベルの音が鳴り響き、師走の街はクリスマスセールで賑わっていた。

いつもなら、信治へのクリスマスプレゼントにあれこれ迷う佳世だったが、今年はその必要もない。クリスマスソングは、忘れたはずのものを想起させる点で、時にそれは、憂いにもなる。

デパートのお歳暮受付カウンターでアルバイトをしながら、ひたすら信治を忘れようとする佳世だった。クラブのメンバーでスキー旅行に出かける年始の楽しさを想像し、カップルのさりげないしぐさにはなるべく目をそらし、アルバイト先では笑顔に徹しようと努力した。

年が明け、佳世は年賀状の束を受け取った。佳世も出さなかったが、信治から佳世宛のものもない。

（信治さんはもう、わたしのこと、嫌いになったんやわ。仕方ないことやけど……）

甘い口づけで結ばれた二人だったが、男のプライドを傷つけてしまった佳世の態度に、信治も冷めてしまったに違いない。

ただ、佳世は自分の決断に後悔はなかった。

「結婚までは、最後の一線は守る」と決心していたことを実行しただけだったからだ。

（信治さんがわたしの気持ちを理解して、もし戻って来てくれたったらうれしいけど、ほかに好きな人をつくってしまっていたら、あきらめるしかあらへんもん——）

十月の別れから三か月という時の流れが、佳世の心を冷静にしていた。人間とは、どこまでも仕切り直しのできる存在である。

今の佳世は、信治のことを想っても、一筋の涙すら流すことはない。学習への意欲が、それまでに増して高まり、精神を活性化させていたのだ。

16　大学四年生の春～夏

美しい桜の開花とともに、佳世は新四年生になった。まだ信治への想いが、完全に消えたわけではなかったが、時の流れ、会うことのない日々はますます佳世の心を逞《たくま》しいものにした。

（万一、結婚相手に出会わんかっても、仕事があれば生きていける。一人でも生活できる技術や資格を身につけといたら大丈夫やから——）

佳世は勉学に燃えた。母校の淳賢女子学院に教育実習のお願いに行き、校長からの快諾も得られた。

成績表を見ながら、校長は、

「よく頑張って、大学生活を送っていますね。立派です。中学二年生のクラスで実習してもらうことになるでしょう。詳しくは、後日連絡しますから、待っていてくださいね」

と、褒《ほ》めてもくださる。修道女でもある校長は、物腰が柔らかい。

六月になり、実習の時を迎える。

淳賢女子学院中学二年B組のホームルーム、国語の授業、実習ノート作成等、目まぐるしいなかにも手応えを感じながら、佳世は二週間の実習を無事終えた。

疲れたが、人を育て、指導することの意義深さに身の震えを覚えるほど、感動した。

教壇に立つと、四十三人もの生徒が一斉に目を向けてくる。足はガクガク、声は上擦り、顔もこわばってくる。心臓の鼓動に身体が波打つかのように、揺れてくる。

だが、その緊張も、教科書を掘り下げながら説明する佳世に、うなずいたり、笑顔を向けてくれる中学生にほぐされてゆく。

「先生！」

休憩時間になると、多くの後輩でもある生徒たちが周囲に来て、温かく面白く、たわいもない話をしてくれる。

中学生や高校生の悩みに寄り添い、教科をとおして学ぶ喜びを伝え、共に成長してゆける職業——教員こそ、佳世の天職だと思えるようになったのだ。

淳賢女子学院の隣にある男子校、明心学院の生徒たちの登下校姿に、川井信治の制服姿が重なって見える。

信治が乗っていた自転車ごと転び、思わず佳世が駆け寄った七年前が、ついこの間のことのようだ。忘れようにも忘れられない大切な人との出会いの思い出が、独りぼっちの今をますます惨めな気分にさせる。

だが、後悔はしない。うっすらと目尻ににじむ悲しみの涙——。それは信治の一挙手一投足を彷彿《ほうふつ》とさせる。まさに、朝露のひとしずく。純潔のための犠牲。佳世はそれをも、自らの学問への情熱で溶かそうと決めた。

二週間の教育実習は、周囲の恩師を含む学校関係者や生徒の人気を博し、大成功を収めた。

人間には、適職がある。手先が器用で、美しい手芸品やおいしい手料理がすぐに出来上がる人。計算が速く、応対マナーに長《た》けた人。人の指導や能力開発に独特の勘が働く人。佳世には、人の力を引き出す才能が潜んでいるようなのだ。これを教育実習は証明してくれた。

七月になり、街は照りつける太陽の光で、アスファルトの道路が火あぶりにあったような熱気である。それでも佳世は、秋から始まる教員採用試験に備え、地元の図書館通いに余念がない。

「時間のある学生時代のうちにクルマの免許は取っといたほうがええで」という普段寡黙な父、哲雄の勧めで決意。

大学三年と四年の春休みから通い始めた自動車教習所通いも、アブラゼミの鳴く八月、やっと卒業となる。

疲れて、ヘトヘトになり、やめたくなったことが何度もあった。ミッションコースしかない時代のことである。オートマチック限定コースが認可されていなかったので、クラッチを踏みこむタイミングを習得しなければならなかった。

第一段階の前進練習では、あわててブレーキを左足で踏み、クラッチは右足を使うはめになる。両足がクロスしてしまったのだ。その時には、教官からブスッとこう言われてしまった。

「ブレーキは、右足で踏むもんだよ」

第一段階から延長券を買うよう指摘され、教習を終えて自宅に帰る自転車のペダルの何と重かったことか――。道路を行き交うトラックから軽自動車までを眺めながら、

(運転免許を持って、実際に運転している人は何とまぁ、立派な方々《かたがた》なんやろ。わたしがその仲間入りをすることなんかできるんかな)

そう思うと、佳世は屈辱感に襲われた。自分の無能さ、意欲と実力との大きなギャップに苛《さいな》まれ、胸は悲しみで覆いふさがれた。

これは、信治との別れで流した涙とは種類が別である。相手ある故の淋しい訣別の涙と、自分自身への歯がゆさからくる悔し涙。

佳世は、家路への自転車をこぎながら、涙について考えてみる。

人は、感動したり、喜びが大きいときは、うれし涙を流す。幸せの絶頂にあるときに、こぼれ落ちるひとしずく。この涙ほど周囲の人々にも好影響を与えるものはない。怒りや攻撃で、感情が爆発したとき、人は泣きわめきながら、周囲にあるものを手当たりしだいに投げつけたくなる。外的悔し涙を流すのだ。世間でいちばん多く流される涙に違いない。

自分の能力に限界を感じたり、試験に落ちたり、人前で恥をかいたとき、冷や汗とともに流れ出るのは悲愴涙、内的悔し涙とでもいうべきか――。

佳世は、「悲愴涙」を何度もこぼしながら、自動車教習所に通い続けた。途中で、何もかも投げ出したくなり、思わず一日だけのつもりで休んでしまった。キャンセルの電話をしさえすれば、事は済む。

一時のためらいはあったが、行かなくてもよいという安堵感に、佳世の心身は束縛から解き放たれた。最高に幸せな気分になった。

(運転免許なんかなかっても、生きていけるんやから……)

負け惜しみと分かっていながら妙に開き直り、佳世は一日どころかしばらく自由の身を満喫した。

だが、さすがに教習所から足が遠のいて三週間にもなると、不安感が解放感を上回る。

（このままやと、ほんまに教習所を卒業できんようになってしまう）

当時は、入校から卒業まで六か月間だった。五感すべての勘が鈍り、恥をさらすための復帰である。勇気がいったが、舞い戻らなければ、今までの努力さえ水の泡になってしまうのだ。

佳世は教習の予約をし、教習所の門を再びくぐることになる。入校当初の知人は、仮免許を取り、路上教習に出ていたり、卒業寸前の者までいた。

だが、運というものは巡ってくるものらしい。三週間休んで、それまで指名したこともない飯山先生に出会えたのだ。

年齢は四十代後半だろうか、少々髪に白いものが交じり、帽子がお好きな方だった。丁寧でやさしく、親切この上ない。

それまでは、下手な運転技術を小バカにされ、ろくでなし扱いの教官が多かっただけに、飯山先生の穏やかさが身に染みる。

（やったら出来るはず。わたしが出けへんのは、努力が足りひんからや）

教習所入校までは、そう信じて疑わなかった佳世だった。それが根本から覆されて、すべての自信が足元から音を立てて崩れてゆく錯覚に陥っていた。教習所では、頑張ってても努力してもできないことがあるのだと痛感させられた。

三週間教習を休み、冷静になった佳世は、入校時納付金の高さに目をやった。そして、運転への憧れ――。他人に出来ることが自分にマスターできないなら、とことんコンプレックスと付き合ってみようと開き直ることにしたのだ。

意を決して、再び教習所に通い出してから佳世は相性の合う、素晴らしい教官に教わることになった。

飯山先生は、怒鳴らなかった。バカにもしない。ただ黙って佳世の運転技術を観察していて、ポイントを絞って指導してくださる。

佳世は感激した。緊張のあまり、学科講習で学んだことが、実地と連動していないことにも気づかせてもらえた。

「バックの運転、上手ですね」

さりげなくほめてくださる飯山先生に、佳世は勇気づけられ、立ち直り始める。

偶然の出会いが、その後の人生を変えることは多い。佳世にとって、飯山先生の存在がなかったら、教習所通いを途中で投げ出していた可能性さえあったのだ。

教官の指名予約ができる教習所のシステムも幸いした。佳世は大学の講義のない日や、土・日の空き時間を飯山先生の予約状況をまず見てから、調整することにした。

当初はそれが分からず、日時のみを受付に言っていたので、毎回違う教官に指導を仰ぐことが続いたのだと納得もできた。

人々の出会いには相性もあり、自分が好意を抱くと、自然に相手もなびいてくるものだ。

仮免許検定は、一回で合格。飯山先生と路上教習を楽しむ。

「ハンドルさばきが遅いのに、スピードが出ますね」

カーブや角を回るときの飯山先生のアドバイスは的を射ていた。身体が斜めに傾きながらの操作を、こう表現してくださり、減速のコツも会得できた。

何気ない一言に、相手への思いやりを込めることができる先生に、佳世は心から感謝した。思いきり皮肉を込め、自分の目の高さから、相手を見下す人が多いなかで、飯山先生の穏やかさとやさしさは、佳世の心のオアシスとなる。

自分の劣等感をはらすためなのか、他人を小バカにする人々の集団を見てきた佳世には、飯山先生は、まさに「地獄に仏」であった。

人は親切にされれば、やさしさを別の人に与えることができるものである。

ミッションコースしか運転技術習得機会のなかった一九七〇年代の青春――。

佳世は、自分の能力が少しずつ開花する喜びが、身体にじわりじわりと拡《ひろ》がるのを感じた。劣等感と諦《あきら》めは違う。劣等感は、物事の表面をかじっただけで、「出来ない」とか、「自分には無理」と言って努力をしないことから生じる感情だ。基準は個人の主観による。それは、貝が殻を閉ざすことに似ている。そのうえ、頑張って能力を磨こうとしている他人の足を引っ張ることさえあるのだから、始末がわるい。

諦《あきら》めは、やるだけのことをし、力の限界まで挑戦したうえで、自分にはその才能がないからと、美しい訣別をすることなのだ。

飯山先生の指導は、佳世に辛いこと、嫌なことは、努力することで乗り越えられるのだ、それさえも楽しさになるのだと示唆してくれた。経験しなければ分からなかった、未知の世界への誘《いざな》い。そこへのためらいは、佳世を呼び寄せる手招きに変わった。

路上教習後の卒業検定には、初めての道ながら、順番が三人目という運が幸いした。方向音痴、運転技術未熟な佳世だったが、最初の受験者が脱輪してしまう。二人目は信号のない横断歩道で通行を待つ歩行者を見過ごし、停車せずに素通りしたために、失格。

佳世は、三人目にして下手ながら合格点を取って、卒業検定を終える。

うれしかった。大学受験は第四志望、進路を大きく変えざるを得ないという、目的以外の学部への入学だった。法学部ではなく、文学部に入学してもそれなりの成績も収め、教員免許の履修もした。

だが、大学一年次の体育実技授業では、何と法学部の女子学生と合同になったのだ。入学偏差値は、文学部のほうが高いといわれていたが、志望学部と違った負い目が佳世にはあった。

その体育実技の時間に、突然法学部の女子学生から、佳世はこう言われたのだ。

「わたし、文学部のあなたが羨《うらや》ましい。文学を勉強しようと思うて、関学を高一から目指してきたんや――。そやのに法学部と商学部しか合格できひんかったんよ。法学部に入ったものの、何をしようか悩んでいるところ……」

偶然の言葉とは思えない、佳世にとっては自らを傷つけられる内容だった。思わず紅潮し、うつむいてしまった佳世に、その女子学生が慌てふためいた。

「ごめんなさい。わたし、何かあなたを傷つけたみたいやね。わたしの失敗を慰めてもらいたくなっただけなんよ。それが……」

女子学生の名前も知らなかっただけに、ショックがダブルパンチとなってはね返る。佳世がようやく、法学部への入学を諦《あきら》め、文学部で学ぶことを幸福なものと思えるようになりかけていた時期に、耳に入ってきた言葉だったからだ。何と、その女子学生が入ることのできなかった学部に佳世が通っているのだ。

「こっちこそ、ごめんなさい。せっかく文学部のわたしを励まそうという思いやのに──。取り乱したりして、申しわけなかったね。実はね、わたしにとっては、法学部が第一志望やったの。大学受験を決めた高一の終わりごろから一生働ける仕事から逆算して、わたしは学部を考えたんよ。司法試験に挑戦するか、司法書士になって、法律がもたらす人生全般を見つめたいと思ってね。

ところが、この大学どころか、他の二つの大学の法学部もすべて不合格。浪人するには親が反対やったし、勉強漬けの毎日も耐えられそうになかったから、泣く泣く文学部に入るしかなかったんよ。関学のキャンパスの美しさには憧れていて、この大学で学びたかったから、ここだけ法学部に加えて文学部も受けておいたんやけどね」

佳世が語る内容にうなずきながら、

「お互いに、このキャンパスで学びたくて、複数学部の受験をして、本命学部に入れなかった者同士だったんやね。でも、あなたは偉いわ。高校生のときから、職業を見据えて学部の選択をしようとしたんやから。わたしなんか、この関学に入りたい、関学生になれるなら、どの学部でも構わへんからと、受験直前には思ってしまったもんね。文学は学びたかったけど、漠然としたもので、英語、国語、日本史の入試科目の延長という捉《とら》え方やったもん」

「お互いに、学部の交換ができたら、学生証が取り換えられたら、どんなにうれしいやろね――。やっと、今の学部になじんで自分をあわせようとしている矢先に、こんな不思議な運や縁を知ることになるやなんて」

それぞれの境遇を語り合い、彼女とは一年次のみで終わった体育の合同授業後も、よい友人になれた。彼女の名前は、米田薫という。

二十一世紀も目前になった今、単位互換制度で他大学の講義に出席したり、転部、転科を認めてくれる大学、短大も多い。しかし、佳世が学生生活を送った一九七〇年代では、アカデミック教育を提唱し、他学部履修も可能になっていたとはいえ、全学生がそれを活用していたわけではなかった。

大学受験そのものに目標を置き、合格できれば、そして大学生にさえなれればという学生も多く、学部より大学名、偏差値を優先する受験方法も横行していた。日本人にブランド志向がある限り、その傾向は変わらないだろうが、大学の学部、選んだ研究テーマは、卒業後の進路にも大きく影響する。

「お互いに、分身だと思ってそれぞれ天から与えられた学部で頑張ろうね。きっと、

『この学部でよかったんや』と実感できる日が来るのを信じて――」

佳世の法学部への思い入れの強さに感動した米田が、やさしく言葉を返してくれた。

「山田さん、ありがとう。わたし、あなたに出会わんかったら、もっといい加減に大学生活を送るところやった。私たちには、それぞれの『道』があるような気がしてきて、何かしら運命を感じる」

自動車教習所を卒業できることが確定したその日、佳世は、志望学部にお互いに入れなかったと、身の上を語り合った米田のことをふと、思い出した。

大学四年当時、薫は佳世にこう言っていたからだ。

「山田さん、わたし、あなたの挑戦したかった司法試験や司法書士、行政書士の分野で自己実現を図ってみるね」

学部が違うと、会う機会も少なく、ましてや四年生ともなると、それぞれの就職活動や卒業論文に忙しい。自宅に電話するのもためらわれ、佳世は米田薫とも大学四年生になってから一度も会っていなかった。

一九九二年　九月

（姫路に戻ってきたことだし、米田さんのご実家に電話してみようかしら。懐かしいわ）

佳世は十二年ぶりに教壇に復帰することになった。関西弁も消え、関東アクセントで話せるようになって国語教師への復帰となった佳世である。ところが授業中は、主婦も母も妻も忘れる代わりに、思い起こすのが何と、青春時代であった。それはかつての恋人、川井信治と、担当クラスにいる山口悟があまりにも似ていることに起因する。

17　授業風景

山口悟は、明るくて教室の授業を盛り上げてくれる。人懐っこい笑顔で、寂しそうにしている級友には声を掛ける。弁当を忘れたうえに、昼食代の足りない仲間には、弁当を半分分けてやるか、昼の食堂代を貸してやるという、心配りをする。

兄弟姉妹はというと、公立中学に通う弟が一人。そのうえ、所属クラブはテニス部でキャプテンを務める。理系進学コースに入り、国公立大を目指している。

かつての川井信治に、顔もしぐさも所属クラブまでそっくりなのである。世の中には、似た人が三人いるという。年代を超え、コピーが生まれてくることがあるのだと、改めて佳世は驚愕の念を抱いた。

佳世は、自分がもう三十七歳で二人の小学生の母であり、エンジニアの妻であることも忘れてしまった。時空を超え、自らの青春時代そのものが再現される気分になった。

山口悟は、佳世の担当教科である国語の勉強もよく頑張っている。読書量も多く、雑学も身についているので、三十七歳の佳世との会話も新鮮で、テンポよく進む。

悟の行動はまさに、青春時代の信治を彷彿させ、佳世を若返らせた。意識の底に沈めてもう二度と会うこともないであろう信治――。彼とのプラトニッククラブの再現を意味した。

（このときめきは何だろう……）

佳世は、エンジニアの物言わぬ夫に不満があるわけではない。子どもの話、近所づきあいで大事なことは、夫婦の会話が成立しているし、夫は努力家である。日々、新製品開発に向けて、コツコツと勉強もしている。相性もよく、それなりに幸せな結婚生活だった。

だが、山口悟には、佳世の十五歳から二十歳までの秘密の扉を、思い出の宝石箱を、そっと開かせてくれる不思議な魅力があった。

「先生、山口君と授業以外でも話が合うみたいね」

悟と交際中の桑井洋子である。言おうか言うのを止めようか、悩みきった表情で、授業が終わった九月のある日、こう切り出してきた。佳世が職員室に戻ろうとする廊下まで追いかけてきたのである。

「あら、どうして!?」

佳世が思わず問いかける。

「そやかて、先生、いつも山口君を探してから出席を取るし、彼とニッコリ笑顔を送りあっているのもよく見るよ。一応は、わたしと付き合っている以上、山口君に関しては女の勘というものが働くもんやで」

同性の心の読み取りにうろたえながら、佳世は、やっとの思いで喉の奥から絞り出すような声で答える。

「目上には、もう少し丁寧な言葉遣いで接しないとダメよ。そう——。分かった。桑井さんの勘は、当たってる」

それを耳にした洋子は、蒼ざめて一気にこう話す。

「言葉遣いを矯正される前に、わたしも女の闘いに挑まんとあかん。いくら学校では先生でも、先生は人妻やんか!?」

真っすぐに攻めてくる洋子が、可愛らしく、佳世は、教師の真顔に戻る。

「分かったわ。では、あなたと山口君とわたしとの三人で、姫路城の近くにできたパソコンが使えるインターネット接続ラーメン店『天竺屋』に行きましょう。今週木曜日、部活が終わった後、帰宅時刻の午後六時に学校を出るのはどう?」

佳世の提案に、洋子も現金である。

「先生、ラーメンをおごってくださるんですか?　そこで山口君も入れて、三人で話し合いですか?」

素直に丁寧語で聞き返してくる。

「そうよ！　女の闘いではなくて、誤解を解くためのひとときよ！」

学校から佳世と山口悟、桑井洋子が連れ出って歩くのは、ほかの生徒や教職員の手前、目立つし、気が引ける。

佳世は洋子に『天竺屋』の地図を渡し、現地で落ち合うことにした。悟と洋子は公認の仲なので、堂々と二人並んで歩いていても、誰も冷やかすことはない。午後六時半集合だ。

洋子も色白で鼻筋がとおっていて、両頬のえくぼが愛らしい。近視のメガネを最近コンタクトレンズに換え、パッチリした目に知性が光る。

かつての佳世と違って、洋子は運動が大好きで女子バスケットボール部に入部している。朝の練習、放課後の練習に加え、時々は日曜日に試合に出掛ける。夏休みは、その大半がクラブ活動で、顔や腕には夏の日焼けが残っていた。

山口悟と桑井洋子は、同じ学校の同級生、かつての信治と佳世のように、隣り合わせの学校で学年が違うということはない。

だが、この二人を見ながら佳世は自分の高校時代を思い起こすには、十分すぎるほどの刺激を受けた。山口悟が、佳世の記憶のなかの川井信治と瓜二つだったからである。

インターネット接続ラーメン店『天竺屋』は、理系の大学を卒業した店主が経営していた。おいしいラーメンやうどんが大好きで、学生時代から麺類の店をもつことを目標に生きてきた、長谷光一郎である。情報処理の会社で営業やパソコンのインストラクターを経験し、勤続十五年の間に貯めた預貯金と退職金八百万円を元手に、オープンして二年目の店であった。運転資金や店の改装、広告費用五百万円は、地元の信用金庫の融資である。

ラーメン店の客は、回転率の高さが勝負とばかり、十分から十五分間で食べ終わっては出て行く。だが、顔なじみになった顧客から、「パソコン」を教えてほしいと懇願され、インターネットを接続した最新機種二台を設置し、一時間二千円で指導をするようになった。ただし、その時間帯は午後二時から四時、夜間の八時から十時に限定した。客が自由にパソコンを使用するのは、三十分間五百円。パソコンが空いているときのみの使用である。

広くない店内では、カウンター席五脚と四人掛けテーブル席一組に加え、パソコン二台は圧迫感さえ感じさせる。しかし、この発案が慣れない店の経営と味の修業が見切り発車の光一郎にとって、赤字経営の穴埋めになっていた。

口コミで、老若男女の入りやすいインターネット接続ラーメン店として、評判になってきたのだ。夜の部では、一杯祝杯を上げた後の二次会として、ラーメン店に立ち寄る人が多い。したがって、平日の木曜日、午後六時過ぎにやはりカウンター席は空いていた。

数週間前の日曜日、佳世は平凡な見合い結婚をしたエンジニアの夫、畑中満、長女の彩江と次女の康江との四人で来店していた。テーブル席に家族で座り、ラーメンと餃子も試食済みだったのだ。

偶然、サファリパークに行った帰りに立ち寄ったのだが、店主の愛らしい笑顔と、接続されて使い放題のパソコンに、娘たちが大はしゃぎ。店主は、夫の満ともインターネットの話題で盛り上がった。長谷光一郎の店を、佳世は覚えていたのだ。

約束の時刻より二十分早く着き、カウンター席に佳世が座る。

「いらっしゃい！　三週間ほど前の日曜日にご主人とお嬢さんお二人との、四人で来られたお客さんですよね」

店主が、以前の記憶を辿《たど》りながら、気さくに声を掛けてくれる。

「まあ、覚えていてくださったんですか？　もう少ししたら、あと二人、可愛いわたしの生徒が来ますので、よろしく」

「ということは、どこか学校の先生でもなさっているのですか？」

光一郎は、気軽な会話が飛び出す明るい性格だった。

「ええ、まあ……」

（どうせ、山口悟と桑井洋子は制服姿だし、隠しても、学校名もすぐに分かってしまうわ）

そう考えた佳世は、

「県立東西高校で、国語の講師をしているんです。結婚前は県立西北高校の常勤だったんですけど、結婚式の直前に、夫が東京の支店に転勤になってしまって……。東京に住みたい気持ち半分、仕事を続けたい気持ち半分で少々辛かったんですが、新婚早々の単身赴任なんて、夫が可哀相《かわいそう》ですものね。今でこそ、別居結婚も聞きますけど、何といっても十二年も前のことですから……」

（あ～あ、自分で自分の年齢《とし》をばらしたことになってしまう。十二年前にわたしが二十代だと考えて、足し算すれば、見当がつくもの）

佳世は、あっさりと自分の過去を語ってしまったことに気づき、赤面する。

ただ、佳世の年齢には関心がないのか『天竺屋』の店主は、相槌《あいづち》を打ちながら、自分の話もさりげなく続けてくる。

「まあ、そうなんですか。実はわたしは、先生のご勤務校近くにある明心学院の卒業生なんですよ」

「エッ!?」

佳世は驚きとともに、もしかして川井信治の前後の学年ではないかと、一瞬全身の勘が冴えわたるのを感じ、身震いした。

(生徒が来るまで、時間がない……)

そう思った途端、佳世はもう口から言葉が衝《つ》いて出ていた。

「中・高一貫校ですから、お友だちの名前も覚えやすいのではありませんか？　奇遇ですね。実はわたし、お隣の淳賢女子学院の出身なんです」

そう言うと、やはり光一郎の顔もパッと輝いた。特別な親しさを感じたのか、表情をますます柔和なものにさせる。

「なんとまぁ、それなら、同じカトリック系ミッションスクールやし、兄妹、失礼、姉弟の関係かな!?」

光一郎は、おどけて見せる。

(早く、核心に触れなきゃ……)

佳世は焦りとともに、次の質問に移る。

「失礼かも分かりませんが、どうしてもお尋ねしたいのです。テニス部だった川井信治さん、ご存じありませんか？」

「エッ!?　川井信治ですか!?　そいつは僕の大親友で、今、東京の建設会社で働いていますよ」

「まあ、そうなんですか!?」

信治が、元気でいてくれた。大学三年生の秋、京都で悲しい別れをしてから、音信さえ途切れてしまった、最愛だった彼——。

信治への思いを心の奥底に沈めて、教員三年目に現在の夫との結婚を決めてしまった佳世だった。佳世にとっては、初めての見合いでの決断である。

同業の教員以外で転勤があり、次男か三男であれば、結婚を考えてもよいと就職してから佳世は考えるようになっていた。

転勤のある職種の人との結婚を嫌がる女性は多い。なるべく実家に近い所に住んで、実母に頼りたい願望があるからだ。

ところが佳世は、世間を広く渡りたかった。そのためには転勤を伴う配偶者と巡り合い、そして故郷から遠く離れたいと願った。真に自立した生活ができると考えたからだ。異業種の人のほうがアラも見えにくいし、話題に発見がありそうな気がした。

佳世には妹しかいないので、妹の千津に自由な結婚をさせるため、自分の親のほうにも目が向けやすい相手がふさわしいと結論づけた。それには男兄弟の多い人、本人が次男か三男である人を選ばなければならなくなった。

佳世が相手に望んでいた結婚の条件、それが見合い前に交換する満の釣書には書かれていた。ただ身長百六十八センチ、小太りでメガネをかけ、色黒のうえ、鼻はあぐらをかいている。やさしそうだが、年頃の女性が好むタイプとは容貌の点では大きく掛け離れている。釣書に添付されている写真は、純愛だった川井信治とは、あまりにも違っていたのだ。佳世は悲しくなった。しかし、次男で理系、クルマの車体設計と試作をするという仕事内容に興味をもてたのだ。そのうえ「アルコール少々、禁煙中」だ。じっと満の釣書を眺めながら、佳世は（容姿なんか毎日見ていて飽きなければええわ）と考えられるようになってきた。

（結婚に必要なのは、誠実さと職務能力、経済力。実父母との相性が、わたしにとっては大切やわ。外見は我慢できる範囲かどうかが鍵。できれば、タバコも吸わないほうがええからね――。バッタリ会った、高校時代の同級生の秋山さんの赤ちゃん、生後七か月でご主人のタバコの吸い殻を飲み込んで、胃の洗浄をしたって、言ってたし

——）

そう考えると、満の写真は「寡黙でしっかりした人」に思えてきたから不思議だ。

一方、佳世との縁談に至るまで、ことごとく断られ続け、何と十回目にして初めて「脈あり」の域に達した満とその両親は、何が何でも佳世を取り込もうとした。頻繁な電話、レストランでの豪華食事、プレゼント作戦で迫ってくる。

物欲を刺激しようとする作戦にあきれながらも、実父母の山田哲雄・美枝、妹の千津も何となくうれしそうな様子である。

「二十代で結婚して、最初の赤ちゃんを三十歳までにはお母さんに抱かせてあげるね」

漠然と美枝に語っていたことが、佳世にとって現実のものとなった。結納、結婚式の日取りが決まる。

最終的に、満との結婚を決めたとはいえ、佳世には常に信治のことが頭の片隅にあった。何度も何度も、連絡を取りたい、彼に自分の結婚の意志を伝えたいという衝動に駆られた。

だが、もう特定の女性がいて、深い仲になっていることも考えられた。信治の両親に彼の所在を確かめにいくこともできたが、現実を知るのも怖かった。

佳世が純潔を守るために、ただそれだけのために、別れることになってしまった信治との仲。青春の日のほろ苦い、けれども甘美な思い出が鮮やかに甦る。

（結婚相手には、空気のような人が……）

知らない者同士が確認し合い、話し合って決めてゆくのが、親からの独立にはふさわしい結婚の形態だと、佳世は就職してから思うようになった。学生時代に思い描いていた教員の世界も、生徒との関係、職員室での人間関係には緊張があったからだ。

ただ、卒なく学校行事もこなし、担任も経て中堅教諭になるはずの佳世だった。三年目が終わるころ、突然退職を申し出たのだから、周囲が驚いたのも無理はない。

「あなたって、一生独身でわたしのように教員一筋かと思ってたのに……。おめでとう」

四十五歳で隣の机に座っている梅田利香子が、皮肉を交えながらもやさしい眼差《まなざし》を向けてくれた。

引き止めから合意になり、結局佳世は、県立西北高校の校長や同僚、そして誰よりも生徒に惜しまれながら、周囲の祝福を受けて結婚した。そして十二年――。

東京での生活は目まぐるしかった。思い出すことが敢《あ》えてできないほど、出産、子育て、地域の行事であっという間に過ぎ去った感さえある。

　それが、夫の満が故郷の姫路に舞い戻る転勤辞令を受け、独身時代にタイムスリップしたようなことが次々に起こったのである。

　川井信治の若いころにそっくりな山口悟。信治と同級生だというラーメン店店主の長谷光一郎。

（今、聞いておかなきゃ……）

　佳世は信治と大親友だという光一郎に、信治の「今」について尋ねる。

「川井さん、結婚していらっしゃるのでしょうか？」

「それがね、随分もてたのに特定の女性と浮いた話もないまま、二十九歳で結婚しましたよ。何でも会社の上司にあたる人の紹介で出会ったとかで、結婚式のときに見た奥さんの顔、忘れましたけどね。今は男の子のお父さんになってるはず。ところで、川井のことなんか、どうしてお知りになりたいんですか？」

　言葉はおずおずながら、目はしっかりと佳世を見つめる光一郎には、男同士の友情が見てとれた。ハッと気づいたように真顔になった店主は、

「もしかして、川井が京大時代に交際していた女性というのは、あなたですか？　学生時代に『最愛の人に振られた』と言って、しょげている時期がありましたよ。それ

から『女性より勉強だ。勉強で可能性への挑戦だ』と立ち直って、一級建築士の資格を取得したことを思い出しましたよ。心は本当に曇りのない、純粋な奴で……」

それを耳にしながら、佳世は思わず涙ぐんでしまう。その横顔を見て、光一郎はすべてを察してくれたようだ。

涙をハンカチで拭いながら、佳世は答える。

「確かに、わたしと信治さんは、高校時代に朝の通学路で知り合いました。わたしは、西宮市にある関西学院大学出身なんですが、大学に入ってから、とても初々しいお付き合いをさせてもらっていたんです。ただ、わたしが振ったのではなくて、どうしても好きだからこそ、距離を置いてほしくなっただけ――。ただそれだけなんです」

何と充実した二十分間だろう。ちょうど約束の午後六時三十分に、山口悟と桑井洋子が連れ立ってやって来る。

二人の姿を見た店主の長谷光一郎は、思わず佳世と目を合わせる。

「そっくりじゃないですか」

光一郎の言葉が、桑井洋子に伝わる。

「先生、何がそっくりなん？　ここのマスター、山口君のこと見て、『そっくり』って言って、先生の顔、見たで」

洋子のくだけた口調を、国語教師として言い直しをさせる気力もないまま、佳世は光一郎を仰ぐ。

「いやぁ～、参ったなぁ――。世の中には、よく似た人がいるとはいうけれど、彼の高校時代に本当にそっくりだ」

光一郎も懐かしさで顔をくしゃくしゃにしながら、まじまじと山口悟を見つめる。

「いったい何ですか？　僕は誰かに似てるんですか？　気もいなぁ――」

気味がわるい、気持ちがわるいことを最近の若者は、「気もい」と表現する。

悟は、川井信治については何も知らないのである。悟にとっての佳世は、明るくて相性のあう教師だった。姉のいない悟にとって、佳世は年長の憧れの存在であり、理想だった。しかし、現実には桑井洋子というガールフレンドがいる。

やはりここまできて、ラーメン店店主の長谷光一郎もピンときた。

「そりゃあ、話し合いの場がいりますよね。先生のお気持ち、よく分かります」

光一郎は、佳世のことをあえて先生と呼び、「お客さん」という呼称は使わなかった。

「名前も名乗らなくて、ごめんなさい。わたし、畑中佳世と申します。旧姓は山田です。本当に何という世の中の巡り合わせなのかと、今日、『つくづく生きていてよかった』と、今までのわだかまりが消えた気分です」

そう言うと、二人の生徒に向かって、

「さあ、今日はわたしがおごるから、何でも注文してちょうだい。オーダーを取っていただいている間に、わたしはあなたたちのご家庭に、帰宅が二時間ばかり遅くなるって、電話でご了承願ってくるから。それと、ウチの子どもたちにも、夕飯を作っておくように連絡してくるわ」

外に出て、ケータイから心を込めて電話をかける。そして、三つの送信先から了解を得る。

佳世の娘たち、彩江と康江も小五と小三になり、姉妹で協力して父親である満と自分たちのために、夕飯の簡単なメニューは用意できるようになっていた。

「じゃあ、お刺身を買ってきて、お味噌《みそ》汁、納豆と、かぼちゃの煮物を作っておくよ。お仕事頑張ってね、お母さん」

母親への労《ねぎら》いを忘れない長女彩江と、電話口の横から、

「お姉ちゃん、お母さんにわたしの分もよろしく言っといて」

そう叫ぶかわいい次女の康江の声に、佳世は幸福感が身体中に染みとおる。彼女たちは関東生まれの関東育ちなので、標準語を使う。

ラーメン店内に戻ると、すでに悟と洋子はおいしそうに味噌ラーメンと塩バターラーメンをすすっていた。

「先生、お先にごめんなさい。先生のご注文まだだって、マスターに伺ったものですから」

急に敬語を使い、目上を立ててくる洋子に驚きながら、

「そうだったわ。マスターとすっかり意気投合して、おしゃべりしてたから。わたしも桑井さんと同じ、塩バターラーメンをお願いするわね。マスター、よろしく」

佳世がそう言うなり、塩バターラーメンがカウンターに載る。

「あら、お早いのね」

「そりゃあ、そうでしょう。先生がどんなに味噌ラーメンがお好きでも、今回限りは塩バターラーメンになるということぐらい、想像がつきますよ」

佳世は下を向き、店主の勘のよさに赤面した顔を隠そうとした。

「わたしだって、分かりまぁ〜す」

洋子が、そこで口を挟《はさ》む。

「今、先生が外で電話をかけていらっしゃるときに、マスターから先生の青春時代のこと、聞きました。悟君にそっくりな彼が、明心学院にいらっしゃって、先生とお付き合いなさっていたってこと。先生は、山口君の出席を取るときに、先生ご自身のお若いころを思い出されていただけなんですね。それやのにわたしは、焼きもち焼いて、先生のこと誤解して。山口君にも冷たくするところやった。先生は、わたしとの仲直りのために、わたしが注文したのと同じメニューになさるだろうってこと、想像できましたよ」

必死で目上を立てる洋子の言葉を耳にして、佳世は清々しい高校生の真っすぐなやさしさに触れ、感激してしまった。

「ありがとう、桑井さん。あなたたちの到着を待つ間、マスターとお話ししていたら、マスターも何と中学・高校と明心学院のご出身でわたしが胸をときめかせていた人と、同級生でいらしたの。それが分かって驚くやら、うれしいやら——」

佳世の声が上擦るのを感じながら、今度は、山口悟が口を開く。

「なんだ、先生！　僕は結局、先生の青春時代の幻の人の身代わりですか？　恋の予感を感じて、もうちょっとで洋子を振るところやったのに」

「まあ『幻』だなんて。今、マスターにお聞きしたら、彼、東京で元気に暮らしているんですって！　わたしの授からなかった男の子のパパなんですって！」

そう佳世が答えると、洋子が、

「ほんと、グッド・タイミング。今回、先生やマスターとラーメン食べながらお話しできひんかったら、きっとわたしと山口君の仲はメチャクチャやったわ。誤解から変なうわさが広まって、みんなが息苦しくなるところやで。教師と教え子の不倫騒動って、けっこう週刊誌ネタにもあるし」

「別に、食べるものはラーメンでなくてもええやろ!?　話さえできれば」

悟が言うと、

「ううん、そやかて、ここのマスターのお店に来なかったら、証明する人がおらへんかったもん。山口君が先生の大切な人と瓜二つやってこと」

洋子の返答に、

「なるほど。その内、洋子にそっくりな人に俺が会ったりしてな……」

話を茶化しながら、周囲には九月の風が爽やかに流れ、それぞれのもやもやとした心模様が、すっと明るいものに変わるのだった。

インターネットで遊ばせてもらうのは、時間がないからと今回は諦《あきら》め、次回の来店を約束して、三人は店を後にする。

「先生、ご馳走さま。ラーメンもおいしかったし、マスターとも知り合いになれたし――。何はともあれ、先生にとって山口君は、何の関係もないことが分かったから、それだけで満足」

洋子の真剣な声に、佳世も教師としての責任を感じる。

「そうよ。これからもきれいな日本語を大切に使いながら、たくさん本を読んだり、文章を書いていきましょうね。そして漢文や古典にも親しんで、受験では国語を得意科目にしましょう！」

「分かりました。ところで先生！　ずっと俺、先生のこと独身やと思ってましたけど、もうご主人もお子さんもいらっしゃるんや。あぁショック！」

悟の言葉に、洋子が、

「あんた、何やの！　今、先生が結婚されてるって知ったん？　ということは、山口君は今の先生に気があったってことやないの!?」

真っ赤になって怒る洋子に、佳世が諭す。

「こんな中年のオバさんを相手に、若い二人と三角関係？　ほら、誤解が解けたばかりでしょう!?　見てごらんなさい、空を」

佳世の声に吸い寄せられるように、悟と洋子が顔を上げ、空に向けて目を凝らすと、姫路城の上に、美しい黄色がかった緑色の満月が出ている。

「ほら、きれいでしょう!?」

「ほんま、私たちの仲を祝ってくれているみたいや。不思議な色」

そこで、佳世が答える。

「そう、あれは萌黄《もえぎ》色だわね。今夜の思い出作りにと、月もお色直しをしてくれた気がするわ」

山陽電鉄と神姫バスで帰る三人の歩行を、美しい月が見送ってくれる。心なしか姫路城も、萌黄色の月にその姿を合わせるかのように、いつも以上に白壁が映えて見える。

佳世の心も故郷で仕事を再開できた喜びと若者との出会いから、晴れやかに輝いていた。

（信治さんと、今度は家族ぐるみで会えたらいいな。でもやっぱり、やめておこう。マスターに頼めば連絡先は分かるだろうけど、お互いの家族のためには、知らないことにしたほうが……）

悟と洋子がバスに乗り込むのを見届けた佳世は、信治と信治の家族の幸せを祈りながら、電車に乗る。普段はクルマ通勤の佳世も、今日は電車利用にした。

佳世は帰宅して、二人の娘の夕食作りを労《ねぎら》いながら、ふと夕刊に目をやった。すると佳世と入れ違いに職場を去った村山圭子が記事になっていた。『上海の夏』という小説が文芸賞に入り、家族ぐるみで祝う写真が掲載されていたのだ。

（村山先生、やりましたね！　おめでとうございます）

引き継ぎのため住所交換をしていたのを思い出し、佳世はお祝いの手紙を書くことにした。

姫路城に萌黄色の月が光るとき、それは長年の悲しみや辛さを喜びに変えてくれるときなのだ。

佳世は、帰宅の遅い夫を待たずに彩江と康江との三人でベランダに出て、萌黄色に輝く月に手を振った。

いつかまたこの月に出合う日を信じて――。

――了――

本書は二〇〇三年一二月刊行の同名の単行本を改稿して文庫化したものである。

あとがき

『姫路城に萌黄色の月』を刊行して、十九年の月日が流れました。

改めて読み直してみて、この間世の中は明るくなるどころか暗いニュースばかりが目立つことに悲しくなります。

二〇二一年一〇月二三日、妻子がいることを隠して交際した女性を殺害し、遺体を畑に埋めるという残忍な事件が起きました。この事件は翌年六月六日、神戸地裁姫路支部で懲役二十年の判決が出ています。

二〇二二年二月五日、就職活動中の女子大生が、神戸から搭乗した飛行機の中で陣痛を耐え抜き、到着後の羽田空港のトイレで胎児を産み落とすという痛ましい事件が起きました。彼女は、産み落としたその胎児をビニール袋に入れて殺害した後、公園に埋めたのです。

本年七月八日には、選挙演説中だった安倍晋三元総理大臣が、犯人手製の銃で殺害されてしまいました。

生命は、誕生と死亡で完結します。その発端は男女の性的関係です。その関係には責任が伴うことを伝えようと執筆した拙著を、今再び、読者の皆さまにお届けしたくて加筆修正したしだいです。

事件として表面化されない人工妊娠中絶や、水面下の児童虐待が少しでも減少することを心から願っています。

私自身の思春期の思い出が発端になっているとはいえ、完全な私小説ではありません。脚色した部分や、創作した内容が多くを占めます。

一九七〇年代に青春時代を送られた皆さまだけでなく、年齢を問わず男女の関係を見直し、理性で性的関係を構築していただけることを切望します。

もし、避妊に失敗して妊娠されることがあれば、熊本県と北海道に「赤ちゃんポスト」が設置されています。全国に二十四時間、匿名で相談できる電話対応のボランティア組織もあります。どうか絶望しないでください。

文庫本での出版をご提案いただきました文芸社編集企画部の須永賢さま、温かく加筆修正を応援してくださった編集部のスタッフの皆さまに、心からお礼を申しあげます。

二〇二二年　八月

野角幸子

著者プロフィール

野角 幸子（のずみ ゆきこ）

初刊行当時

1955（昭和30）年、兵庫県姫路市生まれ。

関西学院大学社会学部卒業後、貿易商社に勤務。

結婚後、慶應義塾大学文学部通信教育課程に学士入学。

以後、二度の転居を経験しながら慶大卒業。

兵庫県立大学大学院環境人間学研究科博士前期課程修了。（環境人間学修士）

専門学校・中学校・日本語学校で講師経験を積む。流通業で「お客さま副店長」を務む。

中学英語・社会、高校英語・地歴・公民　教員免許取得。

秘書技能検定等１級・３種類、販売士検定等2級・10種類の検定に合格。

現在、不動産賃貸業。

著書に『日本社会にあふれるカタカナ語』（新風舎）がある。

姫路城に萌黄《もえぎ》色の月

2022年11月15日　初版第１刷発行

著　者　野角 幸子
発行者　瓜谷 綱延
発行所　株式会社文芸社
〒160-0022　東京都新宿区新宿1－10－1
電話　03-5369-3060（代表）
03-5369-2299（販売）

印　刷　株式会社文芸社
製本所　株式会社MOTOMURA

ISBN978-4-286-25078-6